THE MINEOLA TWINS

A COMEDY IN SIX SCENES, FOUR DREAMS AND (AT LEAST) SIX WIGS

PAULA VOGEL

ポーラ・ヴォーゲル

徐 賀世子＝訳

ミネオラ・ツインズ

六場、四つの夢、（最低）六つのウィッグからなるコメディ

小鳥遊書房

目次

凡例

・原書のフォントに合わせ、本文中も適宜フォントを変えている。

・本書は二〇二二年上演シス・カンパニー公演『ミネオラ・ツインズ』の上演台本をもとにしている。

・セリフを読む際の補足説明は文中に＊を付し、各ページの下に記した。

・セリフに出てくる用語の解説は（　）で文中に番号をつけ、戯曲末に記した。

ミネオラ・ツインズ

六場、四つの夢、（最低）六つのウィッグからなるコメディ

登場人物

マーナ――「善良」な双子の片割れ。巨乳。
マイラ――マーナを演じる役者が演じる。「邪悪」な双子の片割れ。
　二人は胸以外はそっくり。
ジム――マーナの婚約者。
ケニー――マーナの息子。
ベン――ケニー役の役者が演じる。マイラの息子。
サラ――ジム役の役者が演じる。
二名の精神病院の助手、ＦＢＩのエージェント等。
セリフのない登場人物は、大道具、小道具を動かす手伝いをしてもよい。

タイム

第一幕第一場・第一幕第二場　アイゼンハワー大統領の時代。
第一幕第三場・第二幕第一場　ニクソン大統領が就任したばかりの時。
第二幕第二場・第二幕第三場　ブッシュ大統領の時代。
休憩は第一幕第三場のあと。

プロダクションノート

この芝居の演出に関して、二つの方法がある。

① いい子のウィッグを使う。
② 悪い子のウィッグを使う。

個人的には②のやり方を好む。

できれば、その時代の女性シンガーの曲を使ってほしい——テレサ・ブリュワー、ドリス・デイ、ヴィッキー・カー、ナンシー・シナトラなど。これらの歌手は、「トップテン」に入った実績がある。国として、そのことは忘れてはいけない。

声について

太字で書かれているセリフは、姉妹が夢の中で聞く「声」である。夢の中で「声」がナレーターを務める時もある。「声」が姉妹のプロンプターとなる時があり、また、「声」が、姉妹が夢の中で聞いた「声」である時もある。

どの状況においても、「声」は増幅されたもの、またはマイラとマーナを演じる役者が前もって録音したものを使うべきである。時に応じ、「声」に合わせてセリフを言うのがマーナかマイラかは、演出家が決めればよい。

結果として、サウンドが無視できないもの、抵抗できないものになるように——あたかも、ホームルームの時、インターコムから聞こえる声のように。これが醸し出すものが、洗脳であれ、またはサブリミナル効果であれ、この「声」こそが、姉妹が話し合う形なのである。**夢の中で。**

サラだけを例外として、他の登場人物は、常に、ホルモンの影響で興奮しているような状態で演じること。

第一幕

夢の場面その１

不気味な照明がトランス状態にある十七歳のマイラ・リチャーズの姿を浮かび上がらせる。彼女は、色々なM字が斜めについたレターセーターを着ている。あたかも失敗に終わったソックホップ(1)のパーティーで、みんなが大混乱状態にいる中、血に染まった手が、セーターをつかみ、引っ張ったような感じである。

恐ろし気な一九五〇年代のＳＦ映画の音楽。声が聞こえる。

夢の場面その１。ホームルームのマイラ。地獄のマイラ。

フラッシュ照明。ゴロゴロという雷の音。

マイラ　でね。ホームルームみたいだったの、ただみんなで計算してたのよね、衛生管理の斜辺の計算。ビリー・ボンネルにコソッと聞いた——衛生管理の斜辺てどういう意味？　あいつこう言った。ゲッ、ゲッ——お前のスカートの下の三角形と同じだよ、マイラ・リチャーズ。ゲッ、ゲッ。うるさいゲス！　スッパーン！　スチールの定規であいつの頭のてっぺん、切り落としてやった。そしたらホプキンス先生が言ったんだよね、大聖堂の地下室から聞こえてくるような声でさ。リチャーズさん——衛生管理の斜辺とは何ですか？
で、こう返そうとしたその時よ、ごめんなさいホプキンス先生、宿題が出てること知らなかったんです、だって先週居残り食らってたから、バッカみたいな服装規定のせいで——

インターコムから声が聞こえる。

「ドアに……行って……早く」

みんな心底震え上がった。空襲警報、核爆弾、つんざくような音。生徒たちが悲鳴をあげて机の下に潜り込んだ。どうしてだかこれは現実だって分かってた。ヒューーって、爆弾が飛ぶ、変な、口笛みたいな音が聞こえた、モスクワからミネオラまで真っすぐ。ナッソー郡の裁判所のど真ん中。ルーズベルト・フィールドのど真ん中。ミネオラ高校のど真ん中。フットボール・チーム、ミネオラ・ムスタングズの母校。

机の下に潜ったってしょうがないことは分かってた。何でだろう、廊下に出なきゃと思って出たの、そしたら赤い光がチカチカして緑のスモークが上がってた。

地獄のクリスマスみたいだった。

私は歩いた。

バラバラになった生徒の死体があちこちに転がってた、廊下の真ん中に校長のミスター・チョトナーがいた、ミス・ドロシー・コンボイのスカートの中で斜めに曲がってた。

私は歩いた。

もっと行くと、女子合唱クラブのところで、運転教習の指導官のミスター・コッチが大の字になってて、部員たちが、物置から長い柄のついた箒を出そうとしてた。

私は歩いた。

時計を見た。世界の終わりまであと五分。爆弾の音が大きくなってきた。信号を無視して突っ走って家に帰ろうと思った。でも帰ったってムチャクチャ寂しいんじゃないかって気がついた、最後、空は真っ赤に輝いて、親は抱き合って、自分は一人で絨毯の上で背を丸めてるって。

その時、インターコムから私に命令する**声**が聞こえたの。

「……あの子を……見つけて……」

私は従った。

双子のマーナが、私から隠れて、吹き抜けの階段の一番下にいるのは分かってた。背中を向けて、まん丸に丸まって。ちょうど二人で子宮の中にいた時みたいに。（声のマイクに向ける息が早くなる）

吹き抜け階段の一番上。灯りは消えてた。空気が重かった。階段は急だった。柔らかい息が聞こえた、押し殺した息。

マーナには私の息が聞こえてたはず。

マーナの柔らかい喉が息を呑み込む。（声の息を呑む音が増幅される）

私の唾の味まで分かったはず。

マーナは心臓の音を消そうとしてた。（鼓動の音が増幅される）

私の心臓のドクドクする音が聞こえてたはず。（鼓動が早くなる）

私がいるのを知ってたはず。

私は言った**「行くからね、マーナ。」**

「行くからね……あんたを……見つけに……」（次の場でテレサ・ブリュワーの「スイート・オールドファッションド・ガール」がかかる）

第一場

一九五〇年代

十七歳のマーナ・リチャーズが地元の簡易食堂を閉めている、夕方の早い時間。二十二歳のパリっとした格好のジム・トレイシーが、マーナを待ちながらパイプを吸おうとしている。芝居が始まる時、マーナは店を出た客に手を振っている。

マーナ　さよならあ、ホーキンズさん！　チップ、有難うございましたあ！　本当に、十セント、前ほど色んなもの買えないですよねえ――（マーナは、ミスター・ホーキンズの杖が、彼が座っていたカウンターの上に置いてあることに気づく）――待って！　ホーキンズさん！　杖！（マーナが観客の方を見る、観客は彼女が高校の制服の上に地味なエプロンを着けているのが見える。彼女は素早く杖を取り、舞台袖から出て、戸口の方へ戻って来る）――いいんですよ！　大丈夫！　これで家に帰ったら奥さん、バーンって叩けますね！　ハハ！　今度は本当にさよならあ！（マーナは簡易食堂のドアを閉め、「閉店」のサインを通りに向ける）ホント、いい人。（マーナはカウンターを拭き、椅子を真っすぐにする。ジムはやっとパイプに火をつけることに成功する。マーナは不安気に匂いを嗅ぐ）グリル、消したっけ？　焦げ臭い――（マーナが振り返り、ジムがパイプを吸っているのを見る）あ～ダメ、ジム！

ジム　いいだろ？　今日買ったばっかり。

マーナ　やめて！　パイプを吸う人が婚約者なんてヤダ！

ジム　いや、会社でマーケティングの会議中、タバコを吸いながら、フォードの新車、どう売るか作戦を考えてたんだよ。そしたら閃いた。パッと浮かんだ。これだ！　パイプだ！

マーナ　ステキ。
ジム　（突然不安になる）でも……「知的」すぎる？
マーナ　知的すぎない。
ジム　変に目立ちたくないんだ。
マーナ　あ～大丈夫よ。だからぞっこん、好きになったんだもの――周りに溶け込んじゃうタイプだから。
ジム　このアイデア、イマイチかな。まあ、パイプは古いか。連想するのはアーサー・ミラー……
マーナ　野球選手の？
ジム　マーナ。それはジョー・ディマジオ。
マーナ　あ～そっか、新聞に出てる名前ってゼンゼン覚えられないの、知ってるでしょ……アーサー・ミラー、ジョー・ディマジオ、ヨシフ・スターリン――あなたが私にとって世界の窓なの。（ジムがもったいぶってえらそう

　　　に タバコを吸う）

ジム　で、どうしたの？　子猫ちゃん。学校がある日の前日は会わないことにしたんじゃなかったっけ？

マーナ　あ～そうなんだけど。でももう許せない、ジム、相談できるのはあなただけなの――（ジムがマーナを腕の中に引き寄せる）

ジム　何でもジムお兄さんに言ってごらん。

マーナ　（身体を離し）あ～またマイラなのよ！　ママが部屋にいない時、悪魔があいつの揺りかごを揺すったのよ、絶対そうよ！

ジム　あ～まあまあ、マイラはちょっとワイルドなだけだよ。

マーナ　――冷酷なのよ！　絶対誰かがうちの玄関に置いてったのよ、って、そっくりじゃなきゃそう言えるんだけど――

ジム　――ほぼそっくりだよ。それに姉妹《きょうだい》げんかはみんなやるし――

マーナ　努力はした。ホントにした。二人で決めたの、きっちり、公平に、部屋を半分こにしようって……真ん中に線を引いたの、見えない、想像上の線、でマイラに言ったの、分かるように、この線を越えないでねって。火事と核爆弾が落ちた場合は別として。

ジム　いいんじゃない。

マーナ　**きったない**、グッチャグチャの、ゴミだらけの部屋に住みたいなら住めばいいのよ、かまわない、自分の**ナワバリ**でやる分には。なのに。なのに！　あいつ汚い靴下を私のナワバリに捨てたの。どうやったらあそこまで**汚く**できるんだろう？

ジム　結婚したらマイラの汚い靴下と付き合わなくてもいいよ——僕の靴下と付き合うだけで——

マーナ　ジム、分かってない、ホントにホントに悪くなる一方なの。ママとパパ、マイラと大ゲンカしたの。マイラ、夜、家を抜け出してダウンタウンに行ってたのよ、不良の男子たちと一緒に、どこほっつき歩いてたんだか——**グリニッチ・ビレッジ**[2]かも——

ジム　ソドムの市じゃあるまいし、グリニッチ・ビレッジはそんなガラの悪いところじゃないよ——

マーナ　そうかしら。スカートじゃなく**パンツ**を穿いてる女の子が大勢いるって。（かすかに身震いする）とにかく、ひどい、ひどいケンカだったの。パパが見つけちゃったのよ……マイラ、道路沿いのバーでバイトしてたの、ヤバイって評判の店で——いわゆる「カクテルウエイトレス」やってたの！

ジム　お父さん、ヤバイって評判の店で何してたの？

マーナ　車が故障したんで電話を借りようと思って、その「ティックトック」って店に入ったんだって——そしたらマイラが、胸や足、むき出しのドレスを着て、パパと**同年代のおじさんたち**の相手をしてたって！

ジム　へえ、じゃあ、チップたんまりだ、かなり稼げる——

マーナ　ジム！　ミネオラは小さいけど品のいい街よ！　マイラのせいで家の名前に傷がつくなんて許せない！

ジム　ならお父さんが説教すればいいんじゃない？

マーナ　あ～うちのパパ知ってるでしょ。男は黙って、のタイプ、感情を出さないの。夜のバイトのことについては一言も話さない。優しいの、家に帰って来るとクタクタなのよ。ロッキングチェアに座って肘掛けのところをゴンゴン叩くだけ。でも私には怒ってるって分かる。ゴンゴンが早くなって、ゴンゴン、ゴンゴン、心臓が壊れるかってくらい叩いてる。昨夜なんか夕食の時、パパ、口をきいたの。マイラのことバビロンの売春婦だって言ってた。本気じゃないけど。パパ、バビロンなんて行ったこと**ない**もの。

ジム　なら双子なんだから君が心から説得すれば？

マーナ　それができるような仲なら……マイラって……怖いの。

ジム　怖い！　どういうこと？

マーナ　ホントなのジム――マイラってどこか……邪悪なのよ。ぞっとする……目を見ると。ひどい**悪夢**にうなされる。悪夢、ホームルームで、空襲警報が鳴って、これが世界の終わりだって分かってるのに、マイラに見つかっちゃって……でもって……思い出せない。で、目が覚めたの。

ジム　そうか。僕から話してほしいんだ？

マーナ　あ～ジム！　そうしてくれる？……**あの子を見つけて。**夜のバイト、辞めさせなくちゃ。あなたの言うことならきっと聞く。私、もう顔を上げて歩けない。卒業までに「優秀な主婦になれるで賞」をもらおうと、こんなに頑張ってるのに。

ジム　マイラのせいで君の評価が下がることはないよ。別の人間なんだから。

マーナ　どんどんひどくなってくのよ。先週の日曜、カトリック青年会で教えたんだけど、講義中、デイビー・ファウラーがビリー・ディクテルにこっそりメモを渡してるところを見つけて――没収したの。読んだらもう。顔から火が出るかと思った！

ジム　何て書いてあったの？

マーナ　とても言えない。見ないで。メモには……メモには……「マイラ・リ

ジム　チャーズ何て言った？……セックスしたあと？」（マーナは頬を染める）

マーナ　（同時に）「あんたたちみんな穴兄弟？」

ジム　（同時に）「あんたたちみんな穴兄弟？」

（ジムは笑い出し、止める。）

ジム　ごめん。分かったよ、お嬢さん。ほら笑って、そしたら今日「ティックトック」に行って来る。（マーナはジムの腕の中に来て、一生懸命笑顔を浮かべる）いい子だ！

マーナ　でも「ティックトック」で長居はしないでね？　もし、したら——**「行くからね、あんたを見つけに」**（ジムは一瞬マーナを見つめる。マーナは声の調子を明るくする）だって時々心配になるの——誰かが、私の年上の恋人に目をつけて、盗ろうとしたらどうしようって。

ジム　じゃマーナは？　フットボール・チームのキャプテンに見つめられた

ら？

マーナ　フットボール・チームのキャプテン？（マーナは顔を伏せる）キャプテン……もうマイラのゴールにタッチダウン決めたみたい。

ジム　おお〜……レスリング・チームのキャプテン？

マーナ　一ラウンドでＫＯ。

ジム　陸上は？

マーナ　マイラの三分間走⁉

ジム　ゴルフ・チーム？

マーナ　マイラのホールイン——

ジム　——分かった。じゃあ……チェスクラブのキャプテンに見られたら？

マーナ　悪いけど**ナイ**。自分が欲しいものは分かってるもの。バラ色の将来。あと一年、高校を卒業して、チップを貯金して、キャサリン・ギブズ[3]の秘書養成講座に通って——

ジム　――奥さんが働くのはダメだよ！

マーナ　あ～長くは働かない！　頭金が貯まるまでよ、レヴィット・タウン(4)にツーベッドルームの小さな家を買う頭金。

ジム　今度のフォードの広告キャンペーンがうまくいけば――働かなくても大丈夫だよ。ボーナスがドカンと入る！

マーナ　あ～。ボーナス。嬉しい。（マーナはぽっと頬を赤らめる。二人はいちゃつき始める）

ジム　守秘義務があるんだけど――でもあの車はスゴいよ！　当たればメガ級のヒットになる！　キャッチーで詩的な名前をつける為に、詩人まで雇ったからね――フィエスタ、ブロンコ、フォード・エピファニー！――何たってラジエーターだよ――実は、僕も設計を手伝ったんだ――一見するとまるで――まるで――（ジムは赤くなる）――ちょっと言えないな。男なら目の色変える、絶対に欲しがる！　マーナ、将来はバラ色だ！　家にいて好きなだけ料理すればいい！　キャサリン・ギブズに行く必要なんかない。

マーナ　女はいつも将来のことを考えなくちゃ。私が速記とタイプを習えば出世間違いなしの若いエグゼクティブの旦那様、仕事から帰ってきたら——足をクッション(5)に載せて私に口述筆記させることだってできるのよ。男の子を生んで、その子が三、四歳になるまでにはグレート・ネックにスリーベッドルームの家を買えるわよ、事務所つきの家。そしたら犬を飼いましょう、そうだ、女の子も欲しいわね。

ジム　——子猫ちゃん。もうちょっと人生、刺激があってもいいんじゃないか——（ぴったりの音楽、例えばドリス・デイの「アイル・シー・ユー・イン・マイドリームズ」などがジュークボックスから流れ始める）

マーナ　あ〜、どんな刺激が好きか知ってるもん。男性の必需品。またミスター・ヘフナーの『プレイボーイ』、見てるんでしょ？

ジム　平日は寂しいんで。

マーナ　あ〜ジム。分かる。私だって平日あなたに会いたい。（かなり真剣にいちゃつき始める）いつも……指折り……数えて……待ってる……金曜の夜が来るの。

ジム　ん～。僕だって。仕事に集中できないぐらい。（ジムはマーナの体重が自分にかかるように位置を変える）

マーナ　ジム……大丈夫よね？　待ってくれるわよね？

ジム　待つの……きついよ。本当に……きつい。マーナ――（ジムはマーナの服を脱がせ始める）

マーナ　あ～……ジム。ジム……（マーナは彼を手助けする）――待って――これだとちょっと苦しい――大丈夫。これならラク。

ジム　「閉店」のサイン、出したよね？

マーナ　二人だけ……完全に。

ジム　早く……灯りを消して――（マーナ、応じる。マーナがかすかに喘ぎながら戻って来る）

マーナ　さあ。平日に**来てくれた**ごほうび。（ジムはマーナをスツールの上に載せる。彼女はジムに身体を絡ませるように抱きつく。突然マーナが動きを止める、困惑している）ジム。マイラと私、一卵性の双子なのよね、ならどうして……同じじゃないの？　つまり、何でマイラは……

ジム　ペッタンコ？

マーナ　（くすくす笑う）確かに。で、私は……

ジム　ボンボンだね、ダーリン。パンケーキの山みたい。

マーナ　そう。でもこんなこと科学的にあり得るの？　二人とも……こうでないと——（マーナはコケティッシュに両手で乳房を撫でる）——

ジム　そう、そう——（ジムはブラウスの下のブラジャーのフックを外そうとする）

マーナ　——それとも胸だけ別？（ジムはマーナがスカートの下から下着を取るのを手伝う）

ジム　ラッキーだったんだよ。僕も……ラッキーだ。神様、お願いです、今日

はついてますように――（ジムはマーナの首を愛撫する。マーナが喘ぎ声をあげる）

マーナ　血のつながり……科学やら**何やら**……それって……すごく……変よね。

ジム　もうマイラの話はやめて。やめよう。（次の行為の間ジムはマーナに身体を押しつけ続ける。ペッティングが激しいものになり、マーナは四つん這いになって二脚のスツールの上によじ登り、ジムはスツールの上に膝をつける）

マーナ　あ～！　あ～ジム！　あ～……あ～ジム！

ジム　マーナ……

マーナ　ジム、ジム、ジム――

ジム　（急いで）マーナ、マーナ――

マーナ　そう！　やって、今！　ジム！　やって！　やって！　あ～――ジンボ*――あ～～～――**タンマ！**（マーナの後ろにはジムの赤い顔、フリーズしている）ジム――こんなの――こんなの良くない。

＊ジェームズの愛称。

ジム　あ～、マーナ――

マーナ　こんな椅子じゃ悪酔いしそう。（マーナは鉄の意思でスツールを降りる）こんな……こんなことしたらいけない。（マーナが振り向くと、ジムは欲求不満から椅子を回転させている。マーナは回転を止める）ジム――私だってしたい。すっごく。でも今はダメ。ここじゃイヤ。もっとちゃんとして……したいの。ミートローフの匂いがするようなところじゃなくて。うんと……うんと……ちゃんとした形で、ね、ジム？

ジム　そうだね。（ジムとマーナはしばらく黙っている。身なりを整え始める。マーナは厳然とした態度で綿の下着を拾い、それをエプロンのポケットに入れる）

マーナ　結婚式の日、ピュアでいたいの。

ジム　あ～マーナ……君はピュアだよ。ずっとピュアだった。これからもいつもピュアだよ。

マーナ　違うの、ジム――バージンロードを歩く時、純白のドレスにふさわしい自分でいたいの。男の人は違うだろうけど。男の人って道徳観念がないもの。

ジム　でもマーナ、ダーリン——

マーナ　でもはナシ。ドミノ倒しだもの。バージンとバイバイしたら——次は外でタバコを吸うようになるのよ、耳にピアスの穴を開けて、真っ赤な口紅をつけて、ガムをクチャクチャ噛んで、テレビディナー(6)を買うようになるの！　そしたら私たちどうなるの。（ジムはうんざりしたようにため息をつく）あ、いけない。お砂糖とケチャップ、補充してなかった。（気まずい間、ジムはパイプを探し、中の灰を空ける）お願いダーリン。分かったって言って。（喉ぼとけを動かしながらジムが喋る）

ジム　分かるよ、マーナ。君は悪くない。ただ男は先天的に……「欠陥商品」なんで。自動推進の車には良くないよ、特にエンジンを回転させてスロットルは寸止めって、本当に良くない。（マーナは心配そうに、ジムに触ろうと、彼の方を向く）

マーナ　あ〜ジム、ごめんなさい。

ジム　**触らないで**くれ。今は。行くよ……エンジンを冷やさないと。

マーナ　あ～ジム。そういうことはよく分からないんだけど。でももし……何か……何か、ピュアなまま、できることがあったら……何か……あなたを癒せるようなこと――そしたら教えてくれる？（ジムは一瞬考え、思いついた考えに誘惑される。が、彼の良心が勝つ）

ジム　もう帰るよ。こんな時間。（ジムは大きく息をする）よし。もう……「痛み」はないか。歩けると思う。

マーナ　ジム！

ジム　本当に……いい子だね。僕の人生で唯一、絶対的に善良なもの、それがマーナだ。バカをやらないうちに帰るよ。

マーナ　あなたは私を導く光よ、ジム。金曜の夜は会える？（ジムは半分よたよた、半分引きずるように、妙なカニ歩きをしてドアに向かう）

ジム　もちろん。（戸口のところから何とか半分笑顔を作る）マイラを探すよ、で、話してみるよ。

マーナ　気をつけてね、ジム！

ジム　じゃあね、ダーリン。（ジムが出て行く。マーナはドアのところへ飛んで行き、天使のようにあどけなく、去っていく姿に手を振る）

マーナ　金曜までね！（マーナが向きを変えると、顔には不安な影が。静まり返った店内で、彼女は囁くように神に話しかける）お願いします、神様、お願いします——ジムが待ってくれますように！（五〇年代の音楽が大きくなり、溶暗、第二場に続く）

第二場

その日の夜遅く。ミッチェル空軍基地の兵士が休暇中、逢引きをする為に使う安モーテルのインテリアが見える。シーンいっぱい「モーテル」のネオンサインがチカチカしている。シーンの冒頭では、マイラが興奮状態でベッドに腰かけている。メイデンフォーム[7]の胸を押し上げるブラジャーと、パンティガードル。ガムをクチャクチャ噛み、狂ったようにタバコを吸っている。彼女の横には、盛り上がりがある。それは、丸くなって、安っぽい厚地の更紗のカバーの下に隠れており、その為、カバーを完全に独占している。時々押し殺した嗚咽が聞こえる。

マイラ　（マイラが盛り上がりをつつく）ねえ。ねえ。今世紀中には出てくんの？ねえ。もう勝手にしな、おじさん。白雪姫は痛くもかゆくもありませ

〜ん。**ヤる**前に泣くやつはいるけどさ、ヤッてる時にウオオンって泣くやつも。でもヤッたあとに泣いたのはあんたが初めて。(マイラはまた、相手を起こそうとする) ねえ、いいこと思いついた。お金持ってる? 車、あるよね。車、転がしてさ、ビレッジに行こうよ。あそこ、いつ行っても夜、ハチャメチャだよ。「バンガード」[8]に行こう——あの雰囲気、分かるかな? 最高、スゴすぎ……何曲か聴いてさ、それからハッパ吸って、通りをブラブラしようよ。エースって男がいるんだけどさ、いつも肩に**オウム**乗っけてんの。スンゴク、カッコイイ——十セント払うとさ、即興で詩を作ってくれるんだよ。十セント詩人。で、その詩がさ——ゼンゼン韻を踏んでないの。深いんだよね。**意味**はない、**ただ**深いの。もぉ、サッイコー!(ジムは怒り狂って飛び起きる)

ジム　まともに喋れないのか! 俺に喋る時はまともな言葉を話せ! まともな言葉!

マイラ　うわ。(ジムはうずくまり、まだ周りのベッドカバーをひっつかんでいる)

ジム　ナンなんだ。ジェームズ・ディーンの映画の見すぎだろ。(マイラはジェー

ムズ・ディーンと聞いて絶句する）

マイラ　三**作**しか出てないよ。すぐ**死んじゃった**もん。

ジム　いや、別に、ディーンをバカにしてるわけじゃない。

マイラ　大勢の人にとって大きな存在だよ。生き急いで、若くして死んじゃった

……顔、メチャメチャにして。

ジム　若い女の子には、大きな存在だろうね。だからって演技がうまかったってことにはならない。運転がうまかったってことにもならない。

マイラ　あ〜運転、うまかったよ。反対車線からいきなりバカが飛び出て来たの。ポンコツ、絶対時速百マイル以上出してたね、トップダウン、空をビューン、グワッシャーン！　クソ**フォード**、どっかのバカドライバーのせいで。

ジム　フォード自動車はうちのクライアントだ。

マイラ　え〜。クライアント？　どんなことしてんの、仕事？

ジム　二十五歳以下の若者をターゲットにした販売戦略をアドバイスする仕事だよ。競合他社を吹き飛ばすような新モデルを考案中。

マイラ　その会社どこにあるの？　考案して吹き飛ばす、あんたの会社？

ジム　マディソン・アベニュー。

マイラ　マンハッタンで仕事してんの？　そっちに住まないの？

ジム　こっちの方が空気と空間と緑が多い。

マイラ　はあ～。自由で、白人で、二十一歳過ぎてて、なのに毎朝起きて電車乗ってマンハッタンまで行くんだ。私だったらその交通費で部屋を借りるけどね――（指を鳴らす）

ジム　そうなれるといいね。

マイラ　まだ、すぐは無理。

ジム　ミネオラだっていいとこだよ。

マイラ　（爆発して）ミネオラでやれること、何があんのよ？　ビンゴ、ＰＴＡ、図書館に『ライ麦畑でつかまえて』(9)を置いていいかどうか討論する！　ミネオラ、サイアク。赤狩りだって、ミネオラは無傷だったからね！　ミネオラじゃ、ブラインドは上げっぱなし、土曜の夜も**何も起きない**から。

ジム　そこまで嫌いなんだ。

マイラ　ウズウズしてんの！　何かしないと、どこかに行かないと、時々自分の肌をひっぺがしたい*ような衝動にかられる、じゃない？

ジム　まあ、時々は。

マイラ　かられる？　そしたらどうすんの？

ジム　近所を散歩する、ウキウキ、元気良く。（マイラは革のコートとドアの方に向かう）

マイラ　じゃあね。

＊「突き破りたい」が原文。

ジム　待って、待って！――そのオウムのお兄さん――エース？

マイラ　そう、エース。

ジム　どんな詩を書くの？

マイラ　何て言うのかなあ。音楽のないジャズのリフみたいなやつ。感情と色と**真実**がほとばしる感じ。

ジム　韻は踏んでないの？

マイラ　韻は古い。つまんない。死んだ。

ジム　あのさ、俺、『路上[10]』は読んだよ。ヒッピーのバイブル。

マイラ　ホント？

ジム　ああ。ハードカバーで。（マイラが感心する）

マイラ　ネクタイ締めてる男にしては、センスいいね。

ジム　マイラもね。マーナと全然似てない――（そこで気づく）――あ～ヤバイ！

マーナ！　あ～どうしよう、あ～どうしよう――

マイラ　オタオタしないで……落ち着いて。はい深呼吸。大丈夫。

ジム　あ～いやあ～、マーナに何て言おう？

マイラ　聞かれなきゃ言わなきゃいいじゃん。聞かない、言わない。現代の結婚のルールでしょ。

ジム　あ～ダメだ。目を見つめられたら。バレる。

マイラ　ナニ、目が前と違うって言うの？　あ～どこから情報仕入れてるのよ？　ミネオラ高校の保健の授業？

ジム　考えなきゃ。手伝ってくれ、考えるの。

マイラ　でも歩き方は違ってくるかな。車の改造でさ、フロントを下げるやつ知ってる？　それやると、ドラッグレースで、メチャクチャスピード出るんだよね。それって「ブッ飛び」って言うの。それが今のあんた。「ブッ飛び」かまされたお兄さん。

ジム　考えなきゃ。（マイラがガムを噛む）風船膨らまさないでくれる？（マイラは勿体ぶってガムを取り出しヘッドボードにくっつける）

マイラ　いいよ。これでいい考えが浮かぶんじゃない？

ジム　結婚するまでヤルなよ！

マイラ　ムリィ～～。映画にもないな、私の生き方に近い映画。私がフロンティア。結婚はしない。子供は作らない。郊外に住むのもＮＧ。自由でいる！

ジム　女だろ！　不可能だよ！

マイラ　みんなが不可能だって言うこと、全部やってやる。（間）

ジム　結婚のこと、考え直すべきかもしれない。

マイラ　いやあ、ジム——マーナと結婚しなきゃ。あの子レシピ一生懸命集めてるよ、結婚したあとの、一年分の夕食のレシピ。

ジム　暑くない？　ここ、空気が——

マイラ　あ〜チッ。マーナ、ギャアギャア騒ぐだろうな。

ジム　いや。ドミノ現象だ。童貞喪失を皮切りに全部おかしくなってくんだ、まっとうな仕事、一夫一婦制、子供は二・五人、広告を鵜呑みにして、郊外に住んで、年老いた両親を世話して国旗に敬礼する。「ブッ飛び」にヤラれた。

マイラ　うわあ。私には分かんない。（ジムとマイラはベッドの中で並んで座る）アッタマ痛い。セックスの**あと**、頭痛がすることないのに。

ジム　ああ。だろうな。

マイラ　初めてだったんだ。

ジム　ああ……マイラ？　俺って——言ってくれるかな——俺って——

マイラ　スゴく良かった。あんたみたいな人初めて、ジミー・トレイシー。白馬に乗った王子様。

ジム　有難う……マイラ？　今まで何人——

マイラ　最後まで行ったか？　ヤッちゃったか？

ジム　そう。聞いてもいいかな？

マイラ　そうだなあ、主力選手は全部食ったかな——今は学校の名前の入ったスタジャンを持ってる、二軍選手を狙ってる——

ジム　ええ！　じゃあホントだったんだ、ホントにバビロンの売春婦だったんだ！

マイラ　ちょっと！　何それ！　私、ホントにフットボール好きなんだけど。それにあんただって最後までヤったじゃん、今。そんなこと言う権利あるの？　どの口で？

ジム　だって違うだろ——女だろ。どの国だって……女には守るべき道徳的規範があるんだよ。女ならしないよ、本能でしない。（激怒してマイラはベッドを出て服を着始める。泣かないように自分を抑制する）

マイラ　何で——何でそういうこと言うのよ？　一瞬……思ったのに——あんた

は違うって。理解してくれるって。

ジム 何怒ってるんだよ？　一人増えただけだろ？

マイラ ――十年後にはましになってますように。

ジム 女はそういう風に生まれついてるんだ。男は、男に**なる**もんだけど。

マイラ 何で毎回だまされちゃうんだろ。

ジム マーナは「いい子」に生まれた。君は……「愛想良く」生まれた。

マイラ 私、男にはイーブンなんだよね、自分がイーブンならあっちもイーブンになるって思ってて。分かんない、マジで分かんない、私、あんたに感じ良くしたよね？　気持ち良かったでしょ、私も良かった、お互い一緒に気持ち良かったよね、打算ナシ要求ナシだった――何で男って、いっつもそういうこと言うの？

ジム じゃ、結局のところ――フットボールの選手全員と寝たんだ。（マイラはだらしなく服を着てドアまで行く。向きを変えてヘッドボードにつけたガムを取り

に戻る）

マイラ　ま、どっちかに経験があって良かったじゃん。（マイラはガムを口に入れる。ちょうどその時、モーテルのドアをためらいがちに叩く音がする。マイラとジムは凍りつく）

マーナ　（袖から――すすり泣き）ジム？　ジム？……ジ～ム？

マイラ　（怒りをこめた囁き声で）チッ！

ジム　（あわてふためいて囁く）あ～どうしよう……あ～どうしよう……あ～どうしよう――

マイラ　ここ、アラモ砦？　それとも裏口？（ジムはズボンを後ろ前反対に穿く。マイラはバスルームを調べる）

マーナ　（姿は見えず）あ～ジム――いるんでしょ。分かってる。一緒なんでしょ――（泣く）**あいつと。**（泣き声とドアを叩く音が続く）

マイラ　（傍白。囁く）トイレに窓がある――ギリギリ出られる――オッパイないからイケる。車のキー。（泣き声とドアを叩く音。ジムはショック状態。マイラがジムをつかむ）車。車だよ、お兄さん。**キー貸せっての。**早く。（ジムはズボンのポケットにぎこちなく手を入れる。マイラがジムの震える手からキーを奪い取る）**マーナにお休みのキスしてやって。**私、行くから。（マイラはバスルームに駆け込む。窓を開ける音、「う～」という痛そうなうめき声、ドスンという音が聞こえる。一方、正面入り口では、ドアを叩くか弱い音が、断続的な殺意を持ったドンドンという音に変わる）

マーナ　（姿は見えず）**マイラ！　殺してやる、マイラ！　そのほそい首、締め上げてやる！　マイラ！　ヤリマン！　ゼンゼンないオッパイ、引きちぎってやる、マイラ！　マイラ！　引きちぎってキーチェーンにしてやる、マイラ！　二度とあんたと口きかないからね！　この**（叩く）――**ドアを**（叩く）**開けろ！**（叩く）（大きなゴツンという音。間。その後マーナは再び「か弱い女作戦」に戻る。虫も殺せぬ乙女が、おびえ、苦しみ、身悶えして手首を切りかねない、というような泣き声。哀れを誘う、か細いすすり泣き。姿は見えない）ジ～ム？　いないの？　ジ～ム？　ねえ――あなたのせいじゃないのは分かってる。だっていい人だもの……あなた——とにかく入れて、顔を見せてよ、ジム……無視しないで……ジ〜ム？　ジミー？　ジミージム？（ジムは、心を動かされ、恐れ、緊張し、後ろ前に穿いたズボンが落ちたままの格好でドアの方に進む。彼はおずおずとドアのカギを開ける）

ジム　（泣きながら）マーナ？　マーナ？　誰も——誰もいないよ——（マーナはカギが開く音を聞くや否や、王女メディアのような叫び声をあげて部屋の中に突進して来る）

マーナ　**ぶっ殺してやる‼**（ジムはしりもちをつく。マーナは飛ぶように部屋を横切る。二人は乱れた部屋の中で一瞬視線を合わせる。マーナが床から何かを拾うと、ジムの車の音が聞こえる、あわててエンジンをかけてギアをバックに入れ、駐車スペースから出て行く音である）こんの〜〜！（マーナはドアまで走るが間に合わない。闇の中、袖の方で、車がキキーっと音を立てながら駐車場から出て行くのを見つめる。彼女の肩が落ちる。ジムは同じ場所で縮こまっている。間。マーナが振り向き、疲れたように足を引きずる、手にはマイラが置いていった汚い靴下。このダランとした靴下が無言でジムを責める。二人は靴下を見つめる）

暗転。

第三場

一九六九年

マーナがいる、トレンチコートをしっかり着込んでいる、頭にスカーフを巻き、サングラスをかけている。ミネオラのダウンタウンにある「ルーズベルト・ローン&セービングズ」[11]の窓口の前の列に並んでいる。人から一定の距離を取るように並んでおり、常に周りをチェック、偏執症であることは見るだけで分かる。マーナはやや冷淡な感じになっており、口の周りには欲求不満の影がある。彼女は五〇年代の価値観を引きずっている女性なのである。ただスカートのヘムだけが、今は一九六九年であることを告げている。

彼女の傍らには息子のケニーがいる、きゃしゃで繊細そうなティーンエイジャーである。ペイズリー柄のシャツにブルーのベルボトムの、ボタンフライのジーンズを着ている。ケニーは真新しいトランジスターラジオを聴いている。

ケニー　まだやってる、ギャング狩り！　つかまってないのは女のギャング一人だけ！　主犯の男は、北部まで逃げて銃撃戦で死んだって！　うわあ！　でも女の方は手がかりなし！

マーナ　音楽(12)を聴くんじゃないなら消しなさい。**ほら。**（間。列が進む）警備員はどうなった？　気の毒に。

ケニー　まだ病院。

マーナ　自分の身内が制服を着た人を襲うなんて。絶対に逮捕される。

ケニー　見つかったらね。

マーナ　この世に正義ってものが存在するなら、マイラ叔母さん、死ぬまで刑務所でナンバープレートを作ることになるでしょうね。そしたらベトナム戦争も早く終わるんじゃない？　過激派や学生連盟の男と同棲？　ハッ、百年早い、刑務所で女囚に囲まれてりゃあいいのよ、シャワー室で、でっかい、強い女たちに、オモチャにされれば！

ケニー　ママ！

マーナ　そりゃ、まあね、ケニー、マイラは家族よ、でも考えりゃ分かるでしょう！　どうして――（マーナは声をひそめる）――どうしてミネオラのダウンタウンのルーズベルト・ローン＆セービングズで銀行強盗をやれば戦争が終わるのよ！

ケニー　ロングアイランドでこんなスゴイこと起きたことないじゃん！（間。銀行の列で待っている）

マーナ　一番アッタマにくるのは、家から出られないことよ！　せっかくグレート・ネックのいいところに越して来たのに。ニクソン大統領の選挙キャンペーンだって手伝ったのに。破壊活動は厳重に取り締まりますっていうチラシ、ダウンタウンで配ったのに。なのになのに今、家の前には白いフォードがべったり、モルモン教徒みたいにビシッとしたＦＢＩのエージェントが、発泡スチロールのカップでコーヒー飲みながら張り込みしてるなんて！（列が動く）マイラ叔母さん、あんたのお祖母ちゃんと私がここに共同名義の口座を持ってるって知ってて、それでここで強盗やったのよ、ブラジャーに詰め物して、私に変装して、顔パスで通って！

ケニー　ママ！（と言ったその時、トレンチコートを着たモルモン教徒のような二人の男が、手に発砲スチロールのカップを持って入って来る、そしてさりげなくカウンターのそばに立つ）来た。

マーナ　我々が払った税金はこう使われてるわけね。（間）ママが買ってあげた制服着て来ればよかったのに。（間。マーナとケニーが列を動く）

ケニー　勘弁してよ、あんなヒトラーユーゲント(13)みたいな制服、学校だけで限界、校長もナチ、制服もナチ。

マーナ　ケニー！　もっと小さな声で。誰もあんたのカウンターカルチャー・スピーチなんか聞きたくない。

ケニー　**真実**じゃん。

マーナ　どこが？　あんたのお祖父ちゃんやお祖父ちゃんみたいな男の人たちが戦ってくれたから今の自由があるの、でなきゃ今頃あんた、毎朝ホームルームでドイツ国歌を歌わせられてるわよ――ナチ！　ヒトラー！　ユーゲント！

ケニー　はあ！　シカゴのデイリー市長の事件はどうなんだよ？　民主党全国大会で突撃隊を投入した、あの事件(14)？

マーナ　――パブリックな場所でそういう話はしたくない。少しはママの気持ちも考えて、せめて注目されるような言動は控えて。また十代の頃に戻れたら。全部が明確だった。いいもの、悪いもの、白人、黒人、マスキー、ニクソン。グレーゾーンはなかった。つながりもなかった。価値は世間が決めた。あの頃十四歳ならホントに素晴らしい、文句なしよ、何が正しいかはっきりしてた、何が――　（マーナは突然動きを止め奇妙な昏睡発作

を起こす。電気ショック療法のエコー音が聞こえる。ケニーも止まり、マーナを注意深く、また罪悪感を持って見る）

ケニー　（囁く）ママ？（ケニーは待つ、電気のジジジ……という音が消え始める）ママ？　ママ！（ケニーがマーナを揺さぶる。マーナは「意識が戻る」）また気絶してたよ。

マーナ　ごめん。（間）

ケニー　どうなってんの？　そうやって……意識が……なくなる時？

マーナ　怖いことないのよ、ケニー。後遺症なの……ママ、昔、治療を受けたから。

ケニー　でもどんな感じなの？　どこに行っちゃうの？

マーナ　もっと平和だった時。高校生の頃。「優秀な主婦になれるで賞」を狙ってた頃。主婦になる**ずっと**前。

ケニー　家に帰る？

マーナ　大丈夫。

ケニー　今日、パパ、帰って来る？（マーナの口がわずかに強ばる）

マーナ　いや。ママとあんただけ——楽しみ。若いハンサムさんと二人きり——キャンドルを灯して、あと新しいレシピでお料理作って。スペシャルキャセロールのパイナップル・フリッター添え！

ケニー　そうなの……今週、ハンバーガーの日、ないかな？

マーナ　ママのキャセロール嫌いなのね。

ケニー　ナンカ……他のとは違うかな。

マーナ　「薬物療法」と、「治療」を受けてから——キャセロールがおかしくなっちゃったのよ。病院に行く前は料理がうまかったのに。

ケニー　今でも大丈夫だよ、料理。

マーナ　まあ。過去とはさよならね。（運に見放されたジム・トレイシーが、安っぽい事務服を着て窓口の仕切りの中にいる。マーナとケニーが列の最初にいる）

ジム　次の方！

マーナ　えええ。他の窓口、ないの？

ケニー　行きなよ。名前、呼ばれてるよ。

マーナ　ケニー――あっちのカウンターで待ってて。（ケニーが応じる。彼は、コーヒーをすすり、彼の方を見るＦＢＩエージェントを見る。ジムは事務的に応じようとするが、二人のやり取りは、焦った囁き声で交わされるようになる）

ジム　ご用件は？

マーナ　共同名義の口座から引き出しをお願いします――これ。サインを確認して下さいます？

ジム　それは大丈夫……マーナ！

マーナ　（強ばって）いえ。ミセス・オブライエンです。

ジム　でも、元気なの？

マーナ　おかげさまで。大きいお札でもらえます？

ジム　はい、ミセス・オブライエン――妹さんとのこと、心からお詫びしてもいいですか？

マーナ　それは疑問符のつくお願いね。

ジム　あ～頼むよマーナ！　ちょっとでいい、話だけでも。

マーナ　出金処理を進めて下さる？　息子が待ってるの、急いでるの――

ジム　僕を見てくれ、一瞬だけでも、マーナ――（マーナがジムを見る。間）

マーナ　最後にまともなスーツ買ったのいつ？　ちゃんとしたネクタイは？

ジム　分かってる。何も――何も……ないんだ。

マーナ　こうなりたかったの？　やりたかったの……「銀行の窓口係」？

ジム　週に一度は君に会える。君の家の近くのスーパーで働こうとしたんだけど、商品を袋に入れるのが遅くて。

マーナ　何が目的？

ジム　ランチだけでも付き合ってくれないか？　マーナ？　昔のあのレストラ

ンで？　ランチ……だけ？

マーナ　**夫がいるの。**

ジム　知ってる、でも――旦那さん、愛してるの？

マーナ　（やや大きな声で）支店長呼びましょうか？（エージェントが二人を見る。マーナとジムは平静さを取り戻し、またコソコソ囁き声で話す）

ジム　そんな必要ないです。大きなお札、でしたよね？

マーナ　ええ――そうです。（ジムはお金を数え、唇を咬む）有難う。（マーナは去ろうとする）ホントに、ジム、また学校に行って、人生やり直しなさいよ、ミネオラを出て――！（ジムの顔が輝く。マーナは話してくれたのだ。彼女はそっけなく去る）

ジム　マーナ！（マーナはカウンターにいるケニーと合流する。エージェントたちは、リラックスして、所得税の冊子や銀行の宣伝資料を見ている）

マーナ　この銀行、大っ嫌い。

ケニー　もう帰れる？

マーナ　帰郷した放蕩息子の話、知ってる？　ある男に二人の息子がいたの、そう、一人は朝から晩まで一生懸命畑仕事をした。親を心配させることもなかった。もう一人は、本当の**クズ**。ごめん、他に言いようがない、真正のクズ。一銭も貯金はしないわ、酒は飲むわ、家のお金は盗むわ。で、とうとう法的なトラブルを起こしたの。それで、懸賞金がかかって、国境から遠く離れた外国に逃げたわけ。そこまでしといて、その放蕩息子──待って、私だってママを心配させることはできた、そしたらママ、パパが寝てる間にパパのポケットからお金をこっそり抜いたかも。その放蕩息子、ずっと洗濯してない汚い服を着て、足を引きずって家に帰って来たのよ。年老いた両親はその子を許した。風呂に入れてやって。服を洗濯してやって。ヒレステーキまで焼いてやって。善良な息子、畑仕事から帰って来て、クズの兄弟が紙吹雪のパレードで大歓迎されてるのを見て、どう思ったか分かる？　**俺は何だ、ひき肉か？**（マーナが止まる。ジジジという音が大きくなる。ケニーが待つ、そして少しマーナを揺する）

ケニー　ママ？　ママ？（マーナが「覚醒」し、続ける。ジジジ……という音は消える）

マーナ　善良な息子は時を待った、そして他の国の警察に行ってクズの兄弟を突き出した。懸賞金をもらってそれを投資した。それから父親のビジネスを牛耳るようになった。両親は、いい老人ホームに入れた、アートセラピーを取り入れてるホーム。で、時が経って、放蕩息子がブタ箱から出てきたのよ。やくざな身内がいるんで、善良な息子は商売仲間にペコペコしなくちゃいけなくなった、放蕩息子が**くたばる**までずっと。くたばった時、善良な息子は狂喜乱舞したって。めでたしめでたし！

ケニー　そんな話、聞いたことない。

マーナ　そう？（マーナは深呼吸する）よく聞いてね。マイラ叔母さんは悪いことをしたの。ここは祖国なの、愛せないなら出てけばいいのよ。（マーナはまた深呼吸する）でも家族は家族。血縁は血縁……（マーナとケニーは他のカウンターの方を見る、そこではエージェントたちが夢中でパンフレットを読んで、自分たちの小切手帳と比較している）

ケニー　マイラ叔母さんを助けるの？

マーナ　そう。助ける。あんたがね。あんたは今日、男になるの。私じゃマイラを助けられない——マイラが信じてるのはあんただけだもの。あんたをボビーの家まで送る。そしたらママはすぐに車を出す、陽動作戦よ、白のフォードはママを尾行するはず。誰もいなくなったら、ボビーの家の裏口から出て駅に行って。ニューヨーク行きの四時五十五分の列車に乗って。マイラ叔母さん、最後尾の車両に乗れって、で、駅に着くたび車両を変えろって。そうすれば尾行されてるかどうか分かるでしょ。ペン・ステーションに着いたら地下鉄でアスター・プレイスまで行って。降りたら慎重にセント・マークス・プレイスまで歩いて、二番街を右に曲がって。東五丁目を東に二ブロック歩いたら、尾行されてないか確めて。五丁目と五番街のところにあるレストランに入ってハンバーガーとコーラを買って。ゆっくり食べて。そしたらここに行って——（マーナはケニーに折りたたんだ紙を渡す）マイラ叔母さん、最上階の左のドアの部屋にいる。

ケニー　わあ。カッコイイ。

マーナ　絶対にビレッジをうろつかないこと。

ケニー　何で？　ビレッジは安全だよ！

マーナ　ケニー。ママ、心配で病気になっちゃう。

ケニー　分かったよ……人生最高の日だな。（厳粛な態度でマーナはコートのポケットから膨らんだ封筒を取り出す）

マーナ　あんたを信じて大きなことを任せるのよ。お祖母ちゃんからのお金が入ってる。マイラの為に国債を売ったの、五千ドル分。

ケニー　わあ。

マーナ　犯罪者を助ける為に。五千ドルあればマイラはカナダに行けるでしょ。カナダに行ったら名前を変えて、髪の色を変えて、**別人**になるのよ。

ケニー　ママ――僕が帰る前にパパが帰ってきたらどうする？

マーナ　ケニー、寝ぼけたこと言わないで、時間の無駄。分かってるでしょ、パパ、週末いっぱい、あの秘書とプラザホテルに籠ってるわよ。

ケニー　あの人いいよね。よくモーブ色、着てる。（マーナは疑い深く目を狭める）

マーナ　あんたの口から「モーブ」なんて言葉聞きたくない。「モーブ」なんて言っていいのはインテリアデザイナーを目指してる男の子だけ。

ケニー　ママ！

マーナ　多分マイラが子守をしたせいよ、私が「体調不良」になった時。「病院」で。マイラがあんたにスプーンで食べさせたのよ、バナナを潰したやつとか、毛沢東とか！　「モーブ」って言葉も教えたのよ！（ジジジ……という音がまた大きくなる。ケニーが懇願する）

ケニー　お願い、興奮しないでよ。（マーナはコートのポケットから何かを取り出す）

マーナ　最後にこれ――マイラ叔母さんに渡して。（間）

ケニー　きったない靴下、何で？

マーナ　渡せば分かる。私からだって伝えて。こういう時が来ると思ってず〜っと取っておいたの。ず〜っと前、マイラ叔母さんは大事なものを奪ったの、とっても大切な人、奪って古い靴下みたいに投げ捨てたの。この汚い靴下をカナダの国境まで持ってってほしい。カナダでアメリカの素晴らしいもの全てが恋しくなったら、この汚い靴下を指でいじりながら自分がしたことを考えてほしい。（マーナが出て行こうとするとＦＢＩのエージェントたちがドアを開けてくれる）有難う。コーヒー、美味しかった？（後ろに残されたケニーはマイラの靴下を手に持ち、それを神妙な面持ちで見る。誰かが自分を見ているような気がして振り向くと、窓口にジム・トレイシーがいる。ケニーはポケットに靴下を突っ込み、母のあとを走って追う。場が終わる）

第二幕

夢の場面その2

マーナが入院患者用の背中で留める短いガウンを着ている。髪の毛は、しばらく手入れをしていない。施設内に流れる音楽が聴こえ始め、それに混じって時折電気のジジジ……という音が聞こえる。精神科の助手たちがスローモーションでマーナの背後から駆け込んで来る、マーナに追いつき、各々がマーナの肘を拘束する。しかしながら、それは振付されたダンスのように見える、実際そうなのだが。以下の独白の間、マーナは、彼らに捕まらずに回転する。助手が代わるがわる、身体を低くしたり、くるくる回ったりして、マーナを捕まえ、持ち上げたりする。助手は、マーナの拘禁服を締めることができない。声が聞こえる。

夢の場面その2。入院中のマーナ。地獄のマーナ。

マーナ　でね。ロンドンの霧用のレインコートを着るの、コーチのバッグ用チャームをつけて、フードをしっかりかぶって、だってプライアー先生が、衛生管理は心の健康のサインだって言ってるもの。

トレイラーの後ろに駐車する、ジェリコ・ターンパイクを降りてすぐのところにある掃きだめ。そしたら網戸をノックする。

マイラが網戸まで来る、夜のシフトだったからまだ眠そう。びっくりするだろうけど、それは顔に出さないでしょうね。

「入っていい？」私が聞く。

マイラは網戸を開けてそのままにしておく。

私が入る。中はブタ小屋、そこら中にハイヒールが転がってる、シンクには汚れた食器の山。ソックスが点々と落ちていて、その奥には箱型のベッド[15]。

マイラはテーブルに座って待ってる。

「ねえ——」私が口を開く。「一緒にお茶でも飲まない？」

マイラがお茶を入れてる間私は喋る。マイラはきれいなカップを探す。あんまりキレイじゃない。お湯を注ぐ。カップをテーブルにどんと置くからお茶が私のカップの縁にはねる。マイラは絶対ウエイトレスの仕事はしたことない。——「あ〜——マイラ」私が言う——「ガス、つけっぱなしよ！」

マイラがガスの方を見る、その隙に、私はバッグから薬瓶を取り出してマイラのカップに入れる。それから素早くお砂糖を二つ入れてかき回す、マイラがこっちを向く——

「お砂糖、入れるんだったわよね？」そう。私は入れない。入れたことない。

二人でお茶を飲む。

「悪い血が流れてる。悪い血は誰も浄化できない」

マイラが頷く。ゆっくり、もっとゆっくり、ずっと頷く。ティーカップが落ちる前に私が支える、薬がもう、マイラの血管を回ってる。

私はすぐ仕事に取りかかる。ゴム手袋をはめて、フードをかぶってロンドンの霧用のレインコートを着る。慎重にマイラのカップを洗ってそれをしまう。テーブルに遺書を置く、マイラの筆跡に見える文字、段々かすれていく。

「こんな生き方もう無理……」

そして車のトランクを開けてパパの猟銃を取り出す。私はくすっと笑う、だってスープをすくうお玉より危険なものなんて持ったことないんだもの。

でもやることは分かってる。マイラのそばに跪《ひざまず》いて右足の靴を脱がすの。靴は床に転がす。右の靴下を脱がす——それも転がす。そしたら足の親指で引き金を引けるように銃を置いて、口に二連銃の銃身を突っ込む——昔フットボール選手とヤッてた時みたいに。（息の音が大きくなる）

そしたらマイラのそばに跪いてこう囁くの。**「現実だよ、クズ、本当に起きてるんだよ」**（息を呑む音が大きくなる）

何年ぶりかで、マイラと私は触れ合った、マイラの親指を引き金に挟んだから。（心臓の音が大きくなる）

一緒に引き金を引く。

シャンパンみたいな音。見たくない、見たら**ハンバーガー**を見ることになる、一ポンド四十九セントのひき肉の。でもマイラの首の切り口、頭が載っかってたところには――ブーケ。脳みそが花開いたの。**『悪の華』**[16]。「とってもキレイよマイラ！」そう言ってやる。切り口に触る。花を持って帰って日記に挟んで押し花にする。

ケニーが大きくなったら、ケニーにあげようか。

ケニー。

ケニーに何て言おう。（とうとう二人の精神科の助手がマーナの拘禁服を締めることに成功するが、三人は依然、ハリウッド音楽に合わせて振付されたダンスを踊っている）

真実。ケニーに真実を言おう。（マーナは、ダンスのパートナー兼助手たち

に美しい笑顔を向ける）

マイラ叔母さんは長い、長い旅に出たの。境界線を超えたの。（笑顔が苦痛にゆがむ）

もう戻って来ない。（助手たちがマーナを袖に連れて行くに従い電気のジジジ……という音が大きくなる）

第一場

その夜遅く。マイラはイースト・ビレッジのアパートの床に敷いたマットレスの上に座っている。壁には政治的なポスターが複数貼られている、デモ行進、ジミ・ヘンドリックス、ラブ、ピース等のポスターである。部屋の一つの隅にはマリファナ用の水パイプ、他の隅にはラバランプ。(17) シングルチェアがある。マイラはマットレスの上に脚を組んで座っている、傍らにはトイレットペーパー、泣いた時、ティッシュ代わりに使うのである。マイラは汚い靴下を握っている。傍らにはコカ・コーラの缶。ケニーは床に腹ばいになっており、彼の手は、マイラに添えられている。

マイラ　ケニー。あ〜どうしよう、ケニー。クッソォ、ケニー。(マイラは靴下に顔をうずめて泣く。ケニーは靴下を取り上げ、マイラにトイレットペーパーを渡す)

ケニー　こっち使いなよ、ね？　どんなバイキンがついてるか。
マイラ　ホントに、ホントに、ホントに、バカやった。
ケニー　もっと大変なことになってたかもよ。*
マイラ　ハッカー、つかまった？
ケニー　ああ。もう死んでるかも。
マイラ　あ〜ひどい。最初はマルコム、次はチェ・ゲバラ、今度は――ハッカー。ハッカー。マニアックだった。クズでもあったな。セックスはうまかった。評議会の男の中ではダントツでうまかった。**（鼻をする）クラミジアうつしてくれたっけ。幹部と寝ると、そういうことになるのよ、まあ、形見にはなるか。
ケニー　クラミジアって何？
マイラ　あ〜チッ。あんた、ここにいちゃダメ。行こう。
ケニー　尾行はされてないよ。

＊撃たれててもおかしくない、等の意味。
＊＊何の評議会かは不明。

マイラ　絶対？

ケニー　マジ、注意して来た。

マイラ　勇気があって賢くて、自慢の甥だね。何でマーナの息子があんたなのか、遺伝て、ナゾだよね。

ケニー　ママ、激怒してた。

マイラ　お祖母ちゃんのお金。

ケニー　知ってる。

マイラ　ちゃんと返すよ。トロントでいい仕事について、もうアブナイ集団とは関わらない。

ケニー　分かってる。

マイラ　用心しなくちゃね、気をつけなくちゃ。（震えながらマイラは薬を取り出す）

ケニー　何それ？

マイラ　これは……おクスリ。メセドリン。しゃっきりするの。コーラ*取ってくれる？（ケニーはマイラに薬が飲めるようコーラを渡す）

ケニー　コーラ飲むなって言ってなかったっけ。コカ・コーラの会社は巨大企業で、帝国の利益が戦争の燃料になってるって。

マイラ　（コーラを楽しみながら）あ〜……それは事実。でもカフェイン入ってるし。たまには、システムをクラッシュする為にシステムを利用しないと。

ケニー　言えてる。

マイラ　私が怪我させた警備員、どうなった？

ケニー　大丈夫だよ。左脚の指先が少し欠けるかもしれないけど。叔母さんが車で轢いた女性の警備員ね。ママが、叔母さん、制服を着た人を襲ったんだから逮捕されるって。

マイラ　バックミラーに映ってなかったのよ。そしたらいたんだよね、派手なオレンジのスリングをかけて交通整理してた、気がついたら悲鳴をあげて、足を抱えてぴょんぴょん、歩道の方に逃げてった。

＊原文は「コーク」。コカインの意味を含む。

ケニー　事故だったんだよ。足先を轢いたのはわざとじゃない。大丈夫だよ。

マイラ　本当に疲れた。こんなんじゃ動けない。長旅に備えて一服しよ、一服だけ、リラックスするから。（マイラがマリファナに火をつける。マイラが吸い始めるとケニーは期待して背筋を伸ばす。マイラは何回か、慣れたように吸い込む）これやると落ち着くんだよね。吸う？（ケニーはワクワクしながらマリファナを手に取る。吸う。マイラが笑い始める。ケニーも笑い始める）

ケニー　何がおかしいの？

マイラ　（靴下を持って）タッパーに入れてたの？（ケニーが頷く、マリファナを吸って、笑っている）冷蔵庫の奥にしまってた？（二人笑って咳き込む）マーナ、もっと外に出るようにした方がいいね。（マイラが笑う。ケニーはハイになって靴下を見つめる）

ケニー　叔母さんさあ——この靴下、何なの？

マイラ　同じ部屋だった時、マーナのナワバリにわざと靴下置いてからかったの。はるか昔。ミネオラにいた頃。

ケニー　あ〜。（突然マイラが鼻をすする）

マイラ　あ〜もう——起きたらミネオラのベッドの中、なんてことないかな、あの頃に戻れるなら何でもする——絶対こんな風にならない——ハッカー、銀行強盗、FBI、懸賞金——今週何があったと思う？　目が覚めた。ずっと昏睡状態で歩き回ってたけど、いきなり目が覚めた、ハッカーがお金と銃を持って車に飛び乗って、叫び始めた時。突然分かった**「現実だよクズ、本当に起きてるんだよ」**。

ケニー　信念の為にやったんじゃない。

マイラ　そうだけど、どの信念？　最初は平和運動だった。あの時初めてマリファナを吸った。州兵の銃にヒナギクの花を飾った。(18)みんなが一緒になれば、みんな、警官、麻薬取締官、ワーキングクラス、銀行家——そしたら戦争が終わるって思ってた。

ケニー　深いねえ。

マイラ　甘ちゃんだったってこと。

ケニー　あ～。じゃ、どうしてやったの？

マイラ　まあ、ヤコブとエサウの話と同じよ。イサクって男がカナンの国に住んでたの、ド田舎のカナン。イサクはヤハウェに祈った、どうか子供ができて草を刈ってくれますように。マリファナの神様が祈りを聞いてやった、何でって、神様の妻がオーブンにパン生地を二つ入れてたから。双子のパン。でもこの双子、生まれた時から食パンとクロワッサンみたいに違ってた。悪い血でつながってたの。誰にもその悪い血は浄められない。双子の片割れエサウはでかくて毛深くて粗野。もう一人は繊細でお肌スベスベで小っちゃいの。で、このスベスベの方のヤコブは、カナンの国で独りぼっちだった、いつもブツブツ言ってた「我々の国だ！　愛せないものは去れ」。カナンにはある習慣があって、父親は死ぬ時、隠し財産のマリファナを、息子の一人に祝福として与えるの、他の子供たちは何もなし。だから金持ちはより金持ちに、貧乏人はとことん貧乏になる。ある日ヤコブは、自分の父親が死にそうだって聞いた。それで羊の皮を剥いで、その皮をかぶって、エサウのふりをした。ヤコブは臨終間際のイサクのところに行ってこう言った、「強盗だ！　財産を全部出せ、出せば何もしない」。ヤコブは財産を根こそぎ奪うと、すぐに町を飛び出した。国境を越えて長い長い旅に出た。二度と戻らなかった。

ケニー　エサウはどうなったの？

マイラ　知らない。グレート・ネックのいい家に越したんじゃない？

ケニー　一年もしたらみんな忘れるよ、帰って来られるよ。

マイラ　ホワイトハウスにタヌキオヤジのニクソンがいるのに？　ナイナイ。（間）ねえケニー――あんたといるのは楽しいけど危ないの。今夜ここを出る。

ケニー　マイラ叔母さん？　行く前に――聞いてもいい？　ママ、以前、何があったの？

マイラ　マーナのアタマの中がどうなってるのか、私にはホントに分からない。マーナは――声が聞こえるって言ってた。医者はショック療法がベストだろうって。だから私――だから私――正確には私とお祖母ちゃんで

――同意して書類にサインしたの。

ケニー　（疑うように）叔母さん――書類にサインしたの？

マイラ　罪悪感、感じてる。あんたのママが病院にいる夢、まだ見るもの。

ケニー　良くなると思ってサインしたんでしょ。（その時、マイラが廊下の音を聞く）

マイラ　チッキショー!!――やっぱり！（ケニーはそっとドアの方に行きマイラに静かにするよう、ジェスチャーで伝える。慎重にドアを少し開ける）

ケニー　大丈夫だよ。隣だよ。もう行こう。

マイラ　待って――ケニー――考えたんだけど――行くのやめたら？　行かないで警察に降伏したら？

ケニー　は？

マイラ　（ヒステリックになって）警備員にごめんなさい、銀行にごめんなさい、ミネオラに住んでた人全員にごめんなさいって言ったら――刑が軽くなるはず――

ケニー　――マイラ叔母さん――うまくいくよ。僕が助ける。一緒についてく。

マイラ　バカ言わないで――

ケニー　グレート・ネックには帰らない！　グレート・ネック最悪！　グレート・ネックでやることあるの？　学校で『ライ麦畑でつかまえて』を読んでいいかどうか議論してるんだよ？　ウッドストック(19)だってブルジョア大好き母親のおかげで行けなかった！　高校を卒業する頃にはあらゆる運動が終わってるよ！　ママはゾンビ、パパはクソだ！（マイラが彼の口を押える）

マイラ　二人で逮捕されちゃうよ。（彼らは緊張して聞き耳を立てる。その後、少しリラックスする）

ケニー　一緒に連れてって！

マイラ　カナダには連れてけない――罪状が増える、連邦法、国際法の誘拐罪まで追加される――

ケニー　見つかりっこない。名前を変える、髪も、顔も、マイラ叔母さんと潜伏する——本当の母親になってよ。何かの間違いなんだよ——アレは本当の母親じゃない——

マイラ　しー、しー——ケニー。カトリックの世界では全ての人間が間違いなの。

ケニー　一人じゃ逃げられないだろ。疲れてるんだろ。

マイラ　確かに。でも——高校は卒業しなきゃ。

ケニー　カナダにだって高校はある。

マイラ　ケニー！　ムリ。やめて。考えがまとまらない。

ケニー　全部計画を立てた。ＦＢＩが探すのは独身の女テロリストだ。でも——母親と息子が手をつないで歩いてたって気にも留めない。

マイラ　母親と息子？

ケニー　母親と息子。

マイラ　あ～——それなら。そうよ、ケニー、そうよ！　行こう！　ケニー！　すぐ！　自分の気が変わらないうちに。非常階段、降りて行こう。

ケニー　やった！（二人が窓の方に行こうとすると、アパートの建物の正面玄関を叩き壊す音がする）逃げて、マイラ叔母さん。行って、行って、行って！　僕が引き留める――早く行け！

マイラ　クッソ～！――何でここが分かったんだ――あ～、チッキショー！（マイラはダッシュし、窓をよじ登って外に出る。ケニーはバリケードにする為の家具を探す。シングルチェアを見つけドアノブの下に置く。ドアが倒れる音、続けて階段を五段飛ばしで駆け上がって来る足音が聞こえる。ケニーは窓のところへ行き、外を見、躊躇する。彼が降りようと決心した時、ＦＢＩのエージェント二人が、銃を抜いて突入して来る。ケニーは反抗心を持って対峙する）

ケニー　パワー・トゥー・ザ・ピープル[20]！

マーナ　ケネス・イグナティウス・オブライエン・ジュニア！　今月小遣いナ～シ！（ケニーはゆっくり母親と向き合い、降伏の印に手を挙げる）

第二場

一九八九年

「アメリカを憂うアメリカ人[21]」の本社。マディソン街のタワーオフィスの最上階。舞台は派手なラウンジと、現在本番中のサウンドブースに分かれている。ラウンジにある「オンエア」の赤いサインが光っている。

サインの奥には女性の影。彼女はラジオ放送の装置であるコンソールのところに座っている。ヘッドホンを着けて、マイクに向かって喋っている。声が聞こえる。

「チャンネルはそのまま――タカ派のラジオパーソナリティ、ラッシュのトークを聞いた直後、ポール・ハーヴェイのABCニュースが始まる直前にお送りしてます――**言い返せ、やり返せ――咬みつき返せ。**「アメリカを憂うアメリカ人」代表、M・R・オブライエンはあなたの同志です。喜んで憎みたくなるラジオ局――トークラジオ――WWKY。次はクリスタル・ルイス、トワイラ・パリス、エイミー・グラントの最新ヒット曲をお送りします」

週番組の放送が終了すると、ラウンジの灯りがつく。M・R・オブライエンの声がスピーカーから聞こえている。十四歳のベンのシルエットが浮かぶ、彼は緊張した様子で放送が終わるのを待っている。赤の「オンエア」のサインが消える。ブースの扉が開き、マーナ・オブライエンが入って来る。マーナは最初、ベンに気づかない。

ベン　すみません。ミセス・マーナ・オブライエン?（マーナはベンジャミンを見る。幽霊でも見たようにびっくりする。ベンは灯りの下に来る）

マーナ　（喘ぐ）――まあ、まあ――

ベン　マーナ伯母さん？　あなたの甥です――ベンジャミン。マイラの息子です。

マーナ　見えない、こっちに来て。（ベンが灯りの下に出てきて手を上げる。本を持っている）何持ってるの？

ベン　伯母さんの本です！　『貞操の横顔』！　伯母さんに……サインしてほしくて。

マーナ　どれだけ嫌がらせの手紙が来てるか想像もつかないでしょうね。何の用？

ベン　ただ、会いたかったんです。

マーナ　そう。任務完了？

ベン　（爆発するように）毎週、ラジオ聴いてます！　伯母さんはアングロサクソンの遺産を恥だと思ってないですよね。学校で教えられるんです――

白人の男であることは恥ずかしいことだって。ホロコースト、デートレイプの加害者代表だって、高校なんか大嫌いだ！　ドイツ人だって大勢死んでるのに！　聖歌隊って言えば白人の少年なのに！　ローストビーフはイギリスの伝統料理だし、主の祈りでは、みんなで許し合おうって言ってるじゃないですか！　フットボールの試合の国歌斉唱の時、白人男性はちゃんと起立してる、おっぱいばっかり目立つチアリーダーなんかよりよっぽど——

マーナ　神はいたのね！（マーナが笑う）お母さん、ここにいること知らないの？

ベン　知りません。母は——サラは、僕は授業の一環で自然史博物館に行ってると思ってます。

マーナ　あ~はいはい——進化という神話の博物館、ユニークよね。サラって誰？

ベン　サラは——彼女は母の、あ~、大事な、あ~パートナー——

マーナ　あ~はい、はい、はい、最後まで言わなくていいから。ベンジャミンには母親が二人いるわけね。そう。座る？（ベンは緊張と興奮の中、座る）今何年生？

ベン　九年生です。（ここから電気のジジジ……という、エコー音がする）

マーナ　私ね、夫が事故で亡くなってすぐ、ケニーをミリタリースクールに入れたの、あの子が九年生の時。ロールモデルになるような、屈強の男が周りにいた方がいいと思ったんで――卒業後はシタデル陸軍大学に行って、それから軍に入った。ケニーは一生背筋をピンとして生きてくと思う――（ベンはソファで上体を起こし背筋をまっすぐに伸ばす）将来何になりたいか考えはあるの？

ベン　伯母さんのようなコメンテーターになりたいです！　ライターになりたい。伯母さんやバーバラ・ブッシュみたいな。あの人の本、好きなんです。

マーナ　ミセス・ブッシュはホワイトハウスの暮らしをイキイキ、面白おかしく書くわよね、犬の目線で。（間）

ベン　思ってた通りの人だ！

マーナ　思ってた通り？

ベン　はい、優しくてスゴく頭がいい――それにホントに、あ〜、ナイスです。

マーナ　ナイスでなかったらどうだと思った？

ベン　どうって、あの、最近、中絶を行う病院が爆破されてますけど、母さん、あれは保守派の人間の仕業だって思い込んでて――（マーナとベンが笑う）

マーナ　お母さん、想像力たくましいのね。まだあそこで働いてるの？　ロングアイランドの「家族計画連盟」(22)？

ベン　はい、残念ながら……一つ――一つ聞いていいですか？

マーナ　どうぞ。

ベン　母に何があったんです？

マーナ　あ〜。何が。この手のことは、専門家じゃないんだけど。お母さん、若い頃、かなりハジけてたのよ――だから何でこうなったのかは、未来の科学者にしか分からないと思う。――刑務所で五年、強面の女たちに色々ヤラれただろうに、うんざりしなかったってことよね――私たち、お互い別の道を選んだの——意思力と正しい価値観が道を分けたの——

ベン　じゃあ——伯母さんは、あ〜、あの生き方を——

マーナ　同性愛は遺伝的なものじゃ**ありません**。環境が心配だわね、でも——ベンジャミン、信心深いバージニア州みたいなところに住んでるなら、私、裁判をしてでもあなたの養育権を勝ち取るのに。

ベン　あの、母さんとサラは——ベストを尽くしてくれてます——

マーナ　それはそうでしょう。あのね、私はこの偉大な国も、世界中も旅したの、いっぱい色んな経験をしたの。今、何が見えるか言いましょうか。私の目の前に将来が楽しみな青年が座ってる——意志力、思考力——男の中の男、リーダーになれる子。

ベン　じゃ、選択の問題ですか？

マーナ　選択が関係**ない**こともあるわね。子供を産むのは選択じゃない。あれは神からの授かりもの。でも誰を愛すか、どう生きるか——これは**選択**。最近の人は意思力の話なんてしないのよね。若い人はもっとこういう話に耳を傾けるべきよ。アメリカでは、毎週土曜の夜になると、夫婦が愛**し合う**の。やりたくもないのに——でも意思の力でやるのよ。——言ってること分かる？

ベン　（完全に混乱して）と思います。父親が誰か分かれば助けになると思うんですけど……

マーナ　あ〜そうね。まあ。あなたのお母さんと、お母さんの……「お友達」——

ベン　——サラ？

マーナ　そう——二人から**性教育は**受けてるでしょう？

ベン　（赤くなる）一応……基本は。ほとんど**愛**について話してます。大人になったら誰を愛してもかまわないって——自分が**幸せ**なら。

マーナ　なら全部知ってるわよね——卵子と、それと——医学的な言葉は使いたくない。「ウジ虫」の類語みたいな言葉。——左翼はわざと堅い言葉を使って人間臭さを消すようにしてるのよ。赤ちゃんを胎児って言ったり。中絶の代わりに「妊娠を継続しない」って言ったり。それと――「ウジ虫」の類語みたいな言葉――

ベン　――分かる気がします――

マーナ　そう。その他大勢って呼びましょうか。創造の神秘よね、その他大勢の軍団が我こそはと前に飛び出す――でもどのその他大勢がキングになるのか、誰にも分からない。どの命も宝くじと同じ――一匹のその他大勢の運にかかってるのよ。だから父親が誰かは関係ないの、ベンジャミン――チャールズ・マンソンかもしれないしヘンリー・マンシーニかもしれない。誰にも分からない。その他大勢の運、それ一つにかかってるの。（間）今度は私が聞いてもいい――

ベン　何でも聞いて下さい！

マーナ　私、あなたのお母さんみたいなライフスタイルを生きてる女性、会ったことないのよね。聞いたんだけど、ダマト上院議員の職員だった若い女性が……あれ……（マーナにはジジジ……という音が聞こえる）

ベン　レズビアン？

マーナ　そう。有難う。彼女に会って聞きたかったんだけど、その前に解雇されちゃったの。だから聞くならあなたしかいないの――

ベン　何が知りたいんです？

マーナ　だから。どっちがオトコなの？

ベン　（少し恐怖をおぼえる）オトコ？　そういう風にはしないんじゃ……（電気のジジジ……という音）

マーナ　私は絶対マイラがオトコだと思う。いやね、考えると怖くなるのよ――船酔いした気分にならない？　もちろんないか、若いものね、**嫌だとは**思わないわね――なら男とキスするところを想像すればいいのよね、たとえば――（マーナは少し夢見るような顔になって）あ～――ピチピチのオリンピック選手、ガッチリ、胸板の厚い――

ベン　マーナ伯母さん！

マーナ　でなきゃ暑い夏の日、工事現場でシャツを脱いだばかりの筋骨隆々の男
——好みは人それぞれだけど——とにかく、ベッドで何をヤルのか、そ
れを知るのが自分の務めだと思うの——（ベンは汗をかいて立っている）

ベン　——あ〜——もう行かないと——お邪魔しました——（マーナが彼を止める）

マーナ　——ケニーにはよく会うの？

ベン　はい。月に一度は食事に来ます。奥さんのコンチータと子供たちと。

マーナ　毎年、クリスマスもでしょ。あの子——元気なの？

ベン　元気だと思います。すみません。

マーナ　本人が自分の意思で選択してることだもの。ケニーは私のこと、怒って
るのよ——あなたのお母さんのところへ行かせたから、で、お母さん逮
捕されたから——でもあの時私が明確な態度を取らなかったら、あの子
きっと美容師かインテリアデザイナーを目指したでしょ。もちろんお金

は稼げただろうけど。でも私のおかげで、女性と幸せな結婚ができたのよ。選択のおかげよ！

ベン　きっと今に感謝するように――

マーナ　どうかしら。

ベン　会ってくれて有難うございました――

マーナ　あ～！　私の本！　サイン欲しいんじゃなかった？

ベン　はい！　お願いします。是非。（マーナはバッグからペンを取り出す）

マーナ　何か書いた方がいいわよね？

ベン　（恥ずかしそうに）じゃあ、明日は日曜――僕の誕生日なので――「誕生日おめでとう」って書いてもらえます？（マーナは書いてベンに本を渡す）

マーナ　お誕生日おめでとう！　いくつになるの？

ベン　十四です。明日で。

マーナ　いいわねえ。じゃあ明日はお母さんと、あと——あとあの——

ベン　——サラ——

マーナ　そう——ごちそう食べに行くんでしょう。

ベン　いや。母さんはシカゴに行ってるんで。月曜まで帰らないんです。何かの全米会議があって、出なくちゃいけないって。来週お祝いしてくれるって言ってました。

マーナ　母親なら息子の誕生日は一緒にいてやらなきゃあ。

ベン　出張じゃなくても病院に缶詰、デスクに張りついてます。

マーナ　日曜に？　日曜、病院は休みでしょう？

ベン　はい。でもいつも働いてるんです。

マーナ　あ〜。じゃ明日は家には誰も——ひどいわね。いい誕生日になるといいわね、ベンジャミン。

ベン　有難う、マーナ伯母さん。（マーナはベンジャミンをドアのところまで送る）

マーナ　あなたみたいな甥がいて、誇らしい。頑張ってね。あと十年もすればあんたのお母さんの種族は戦いに負ける。すぐよ、私たちが何とかできれば、あなたのお母さんもサラも、ヒールを履いて口紅を塗らなきゃいけなくなって、消滅してくわよ。レズカップルからルームメイトに格下げよ、生物学的な務めを果たそうとしてムリに子供を作っても、児童福祉局に養育権を奪われるようになる。絶対にこの国は渡さない。

ベン　――色々有難う。母と全然違いますね。（ベンが去る。マーナは考えながら立つ。音楽がオーバーラップし、夢の場面その3に続く）

夢の場面その3

声、アンプから聞こえるディスクジョッキー、オンエア中のアナウンス。

夢の場面その3。言い返せ、やり返せ、咬みつき返せ。マーナ・オブライエンが答えます。

間。色気たっぷりに、マーナがマイクに向かって前かがみになる。


マーナ　「クワンザ(23)」

「フェリス・ナヴィダ(24)」

「クリスタル・ナハト(25)」

この三つに共通していることは?

時期が年末年始。綴りが難しい、発音しにくい、それと……「**外国**」

のものです。

何より驚くのは、これらの言葉は、税金を使って新しく編纂された高校の教科書に掲載されています、教育委員会が「**多文化**」というコンセプトのもと、教えることに決めたんです。

代わりに生粋のアメリカの言葉は削除されました、外国語に場所を譲ったのです。例えば：アップルパイ。ノーマン・ロックウェル。スピロ・アグニュー。

我々の真の文化は、不法難民、戦闘的なフェミニストたちの浸食によって根絶させられようとしています、彼らはこの国のアングロサクソン、クリスチャンの歴史を書き換えたいのです。

豆腐を食べ、中絶を支持するフェミニストのナチどもは、我々が掲げるポジティブな女性像を軽蔑し批判しますが、負けてはなりません。

メアリー・トッド・リンカーンはどうでしょう？　ジュリアア・デント・グラントは？　アイダ・サクストン・マッキンリーは？　フローレンス・クリング・ハーディングは？　マミー・ダウド・アイゼンハワーは？　テルマ・ライアン・ニクソンは？　他にも大勢の女性がファース

トレディとして、この国の偉大な大統領に仕え、内助の功を発揮してきました。

今こそアメリカの伝統文化を守るべく立ち上がりましょう、そして「多文化」が学校に持ち込まれることを阻止しましょう。電話を受け付けます。（マーナはヘッドセットとマイクと一緒に電話のパネルの前に座る。少し怖がっているように見える。夢のシーンでは、聞こえる音はゆがんでおり、遠くの、異質な音のように聞こえる。一番が鳴り、マーナが出る）言い返せ、やり返せ、咬みつき返せ――オンエア中です。（エコーがかかったジム・トレイシーの泣き声が聞こえる）

ジムの声　マーナ？　マーナ？　ベイビー？　誰も――誰もいないんだよ――頼むよマーナ、少しでいいから話して――（マーナがボタンを押して通話を切る音が聞こえる）

マーナ　あら。一番、切れちゃった。（マーナが他のボタンを押す音が聞こえる）やり返せ――オンエア中です。（二番からは興奮した五歳の女の子の声が聞こえる）

カルメラの声　フェリス・ナヴィダ、アブエラ！　ソイ・カルメラ！（マーナは

すぐに熱意を持ってひどいスペイン語で答えようとする）

マーナ　フェリス・ナヴィダ、イハ。ハ・シド・ウナ・ブエナ・チカ?　エスタ・トゥ・パードレ?　パパはいる?　カルメラ――切らないで――ノー・ケルガ――ノー・ケルガ――カルメラ――パパに代わって（大人になったケニーが電話を取る音）

ケニーの声　もしもし?

マーナ　ケニー?　ケニー!　切らないで――オンエア中――お願いケニー――ちょっとでいいから話してくれない?

ケニーの声　いやいやいやいやいやいやいや――**いやだ。**（電話が切れる音、ツーツー音がする。マーナは平静さを取り戻そうとする）

マーナ　拒否したのはケン・オブライエン・ジュニアでした。（他の電話音。マーナはじっと見る、出たくないが、やっと出る）**どうぞ咬みついて――**（高校生のマイラの声がいっぱいに広がる。マーナのヘッドセットに電流が流れ、電気ショック療法の音が大きくなる。息が上がり鼓動が早くなる）

マイラの声　（焦ったように囁く）マーナ――空襲警報が鳴ったら机の下に潜っちゃダメ。廊下を駆けて外に出て。

マイラとマーナの声　**建物から離れて。**

マイラの声　グラウンドまで走って。待ってるから。

マーナ　爆弾が落ちるまでに家に帰れる。ママが、ママとパパが間に合わなかったら二人でシェルターに入ってドアをロックしろって。

マイラの声　爆弾が落ちたら、ドアを開けるなって。ママとパパが開けてくれって懇願しても。

マーナ　水とアオイマメの缶詰がたっぷりある、半年は持つ、放射能の冬を超えられる。

マーナとマイラの声　お互い支え合おうね、いい？（その時空襲警報が聞こえる）

マイラの声　**マーナ？　マーナ？　ドアに行って、早く。**（核爆弾によるホロコーストのエコー音が聞こえ、第三場へ）

第三場

照明が入ると、「ロングアイランド家族計画連盟」の外にある、空の駐車場。日曜の午後。シーン全体を通して途切れ途切れにチクタクいう音が聞こえる。マーナが、マイラに見える出で立ちをして上手から入って来る、オーダーメイドのスーツを着ている。彼女は茶色の包み紙できれいに包んだ小さな箱を持っている。周りを見回す。興奮した様子で、彼女は箱を脇に抱えハンドバッグから携帯電話(26)を取り出す。マーナはダイヤルを回す。

マーナ　ジェリー？　こちらエージェント・ファイヤーバード。（マーナは笑いを咬み殺す）ジェーン・ロー作戦(27)。まだ。ええ、もちろん持ってるわよ。置くのが怖くて。――ナッソー郡の道、デコボコなの知ってる？　こんなにワクワクしたの、ハロウィーン以来！　ウィッグと服、見せてあげたい——マイラ、「全米女性機構」と「エミリーズリスト」(28)のメンバーと情報交換してるなら、絶対にこういう格好をしてるはず——タイマー、あと何分？　あ〜？　あ〜。急がなくちゃ。——ちょっと待ってジェリー。誰か女性がこっちに向かって歩いて来る。車から電話する。以上。（マーナは急いでレシーバーをバッグに戻す。サラは下手から入って来て止まる）

サラ　——ステキな服。シカゴで買ったの？（彼女は噴き出す）

マーナ　このスーツ……いいと思ったんだけど。

サラ　ワッ——ストッキング！　顔の産毛、剃ってる！　パワースーツだね、あんたの姉さんが着そうなやつじゃない——

マーナ　有難う。

サラ　そんなの着てると……いい女に見える。ナニ——キスは？（マーナはこの女性が誰か知ろうとする、ただの友達であることを願いつつ）

マーナ　もちろん。（マーナは頬に軽くキスをする）

サラ　一週間ぶりなのにそれだけ？　もっとディープなやつ。あ〜ナニ——誰もいない——おいで、ほら。（マーナの目が動揺している。サラは彼女を抱きしめる）

マーナ　いや——ダメ。怖い。

サラ　何——キスしたくないの？

マーナ　ダメ。怖い、だって……——風邪うつすかもしれない！　風邪をうつすかもしれない。

サラ　——恥ずかしいんだ？

マーナ　そうね。

サラ　——会ったばっかりの頃みたいに？　また一からお互い知り合わないといけないね。ゆっくり。ねっとり。（サラはマーナに近づく）ベンジャミンが寝たら、ね？

マーナ　そうだ！　ベンジャミン！　どこ？

サラ　今週ずっとふさぎこんでた、あんたが誕生日何もしてくれないんじゃないかって（箱を指す）――シカゴで買って来たの？　何？

マーナ　これは――サプライズ！（マーナが止める前にサラが箱をつかんで、中身を調べようと揺する）やめて、やめて、ホントにやめて――**やめてえ！**（サラが止める、マーナを見つめる）それ――とっても壊れやすいの。

サラ　分かった――言わなくていい。秘密だね！――秘密と言えば――

マーナ　――聞いて――サラ――電話しなくちゃいけないの――キャンセルしたいものがあるんで――持っててくれる？　**動かないでね？**（マーナは上手に走り去る）

サラ　（後ろ姿に叫ぶ）ベンが帰って来る時はちゃんとここにいて、でないとサプライズが台無しだよ！（サラは箱を持ったまま、待っている。チクタクの効果音。箱が少し動くのが分かる。サラは好奇心に負ける。包み紙をそっと見て、端のテープをはがし始め、中身をのぞこうとする。ちょうどその時マイラが下手から飛び込んで来る、役者が間に合えばだが。サラは間一髪で、まずいところを見られ

ずにすんだ）

マイラ　会いたかった。

サラ　ワ、早かったねえ！

マイラ　そっちも会いたかった？

サラ　ほんのちょっとの間だったじゃない。はい、これ持って――（サラは箱をマイラの手の中に押し込む）

マイラ　何？

サラ　ベンの誕生日プレゼント。ねえ――マイラ――こないだのパッツィのカウンセリングでさ、あんた私に、問題があるなら、自分だけで解決しようとしないですぐ言ってほしいって言ってたよね。

マイラ　ベンジャミン！　まさか、あの子、「白人の歴史もリスペクトしろ(29)」デモに参加した？（サラはショルダーバッグから本を取り、背中に隠す）

サラ　そんなドラマチックなことじゃないよ。（サラはマイラに本を見せる。マイ

ラは肝をつぶす）

マイラ　『貞操の横顔』。何かの冗談？（サラは本をマイラに渡す）

サラ　サイン、見てごらん。

マイラ　「誕生日おめでとうベン――」あ～。あ～どうしよう。ベン、私が嫌いなんだ。

サラ　嫌いじゃないよ、マイラ――

マイラ　（本を振り）じゃあこれは何――愛？　平手打ちでしょ、ナイフでしょ、爆弾でしょ――

サラ　だから問題は私だけで解決しちゃうんだよ。

マイラ　分かった。冷静になる。どうやって解決すればいいの？

サラ　今週、腹を割って話してみたら、母と息子とで？

マイラ　笑わないでよ……でも……あの子って怖いの。

サラ　怖い！　自分の子でしょう。

マイラ　分かってるけど……あの子……怖い。時々マーナの子を産んだような気がする。

サラ　あ〜違う。あの子はあんたの子。あんたたち姉妹にグレーゾーンはない——何でも白黒はっきりしてる。

マイラ　あと十年したら私たち、戦いに負ける。死ぬほど頑張ったのに。ベン、いつか私たちが何を言っても聞かないようになる、だって私たち、仕事仕事で夜もいないもの。そのうちあの子図書館に行くから車を貸してって言うようになる。でも本当は図書館じゃなくジェリコ・ターンパイクで降りてカーデートのスポットに行くのよ。ナッソー郡じゃ性教育するのをやめたから、バックシートでガールフレンドを妊娠させちゃうのよ。でも、たとえそういう時が来ても、私が頑張ったおかげで、若者は結婚か、ヤミ中絶か悩まずに済むんだからね！　絶対にこの国は渡さない！

サラ　ベンともっと一緒に過ごすようにしよう。（サラは本を取り戻し、ハンドバッ

グに入れる）

マイラ　これからの十年で状況が良くなるといいけど。はい――持ってて。ベンに渡すもの、オフィスに忘れて来ちゃった。（マイラは箱をサラに渡し、出て行く）

サラ　――マイラ！　電話はかけたらダメだよ！　郵便物も読まないで！　ベン、すぐに帰って来るよ。（マーナが上手からびくついて戻って来る）

マーナ　箱を貸して。これはキャンセルできないの。（マーナは箱をひったくろうとするがサラは渡さない）

サラ　今日、まだ仕事する気じゃないよね？――言っちゃうけど、金持ちのマダムが着そうなスーツ着ちゃって、そのカッコ、欲情する。外でも抑えられないかも――

マーナ　――抑えて。聞いて、私――

サラ　――あ〜。いきなり、カマトト。去年のクリスマス、アダルトショップで革のムチ買って来たの誰かなあ？（マーナは青くなる）

マーナ　外でこんな会話、良くないんじゃ――

サラ　――あ～。そうかあ。今度はオ・ト・メ。革のムチ、早速試したら、すぐに壊したの誰かなあ――？

マーナ　まあ。お腹いっぱい。箱を返して、さあ。（マーナは箱をひったくる。立ち去ろうとする）ベンの……お祝いのカード……忘れて来た……取って来る。（マーナは箱を持って上手から去る。サラは自分の時計を見る。チクタクの効果音）

サラ　（後ろから呼びかける）待ってるよ、やる気……マンマンで。（サラはレズビアンがやるように自分の身なりを整える。マイラが入って来る）

マイラ　サラ――匿名で電話があった。「中絶救助隊(30)」の分派グループがうちの系列病院の一つを爆破させようとしてるって。気をつけないと。

サラ　今日、何の日だか分かってる？

マイラ　ベンの誕生日。

サラ　で？

マイラ　クリスに電話してオフィスに見張り番に来てもらう、私たちは食事に行くでしょ。

サラ　やっと――

マイラ　（もう退出している）――でしょ？　「仕事は他の人に任せる――」、大丈夫、分かってる。――

サラ　カウンセラーのパッツィ、カウンセリングの効果が出たって喜ぶよ！

（マーナがまた入って来る。チクタクの効果音。サラがウインクする）

マーナ　任務完了。

サラ　今日はハチみたいにせわしないね――プレゼントは？

マーナ　もっといいものをあげるのよ。

サラ　（マーナの胸を見つめて）何かが……違う……髪型変えた？

マーナ　ええ。いや。行きましょう。（マーナは行こうとするがサラがマーナをつかまえる、そしてふざけるようにマーナのブラウスや襟を真っすぐにする）

サラ　いい？　ベンが行きたがってるステーキハウスに行くからね――肉のことで皮肉言ったらだめだよ、バーバラ・ブッシュの悪口も、バーバラ・ブッシュが肉を食べることに対する悪口もだよ。

マーナ　分かった。行きましょう。

サラ　それと姉さんの本は持って行かないで。あんたに反抗する為に姉さんを使ってるだけ。成長すれば姉さんの正体は分かるよ。（マーナはいきなり急ぐのを止める）

マーナ　あ～？　姉さんの正体は何なの？

サラ　ただの人間、中絶クリニックを爆破して回ってるモンスターではないよ……。（チクタクの効果音。マーナはサラの腕を取り、退場しようとする）

マーナ　ベンのところに行きましょう、ステーキを食べて、ミセス・ブッシュの為に乾杯して――（マーナはサラを引きずって退場しようとする）

サラ　意外な展開だね。デスクから引っぺがさないといけないと思ってた。

マーナ　デスク……から？　（マーナはマイラがオフィスにいるのだと悟り、恐ろしいことに気づく）サラ――おかしなこと聞くけど、私、今、どこにいる？

サラ　はあ？

マーナ　言うことがあるの。

サラ　あ～まさか。してない――よね？

マーナ　してない？

サラ　シカゴで――他の女と寝た？

マーナ　そんなわけ！　ない！

サラ　だってさっきから態度が……おかしいよ。シカゴに行く前にケンカしたしさ――カウンセリングでも言われたじゃない。どの家庭でも家にティーンエイジャーがいるとおかしくなるって――直感を信じると――今週ずっとあんたが危険だって気がした。私も危険。あんたパトリシア・

アイルランドのことカリスマ性があるって思ってるでしょ。彼女、夫婦仲がスゴくいいよね——でもどうもあんたが彼女と会ってるような気がして。避妊法のパネルディスカッションのあと——専門用語について意見交換するって口実で飲みに行くような——本当に苦しかった。でもあんたの口から聞きたくて。寝たの？

マーナ　時間がない。

サラ　（爆発して）いつも問題はそれ。いつも時間がない、私にも。ベンに対しても。もう限界！　どれだけ愛してるか態度で示さないとここから動かないよ。キスして。

マーナ　今？

サラ　今！（マーナは十字を切りサラのところへ行く。ディープキスをする。その時ベンが入って来る）

ベン　マーナ伯母さん？　何してるの？（サラが振り向き、恐怖で凍りつきマーナを見つめる）

マーナ　ベンジャミン。ご……ごめんなさい。あなた言ったでしょ――マイラ、シカゴにいるって。でなかったらここには――

ベン　何、チクタク言ってるの？

マーナ　お願い。逃げて――

ベン　――母さんは？（ベンは鋭い疑いの目を向ける。チクタクが大きくなる）

マーナ　お願い二人とも――落ち着いて。

ベン　母さん？　母さん？――（ベンは袖からビルに駆け込む）

マーナ　ダメ！　ベン！

サラ　（後ろから呼びかける）ベン！

マーナ　**建物から離れて。**

サラ　――あ〜あんた。爆弾、仕掛けたんだね。（サラはベンのあとを追う。マーナは去ろうとするが、エコーがかかったマイラの子供の頃の声と、増幅された息の

音が聞こえ、止まる）

マイラの声　マーナ？　マーナ？（息を呑む音が増幅され大きくなる、そして柔らかな心音。マーナはトランス状態で集中する）

マーナ　マイラ。ドアに行って、早く。（心音が増幅され大きくなることで答える）マイラ！（マーナがクリニックに駆け込むと、「マイラ、ドアに行って、**早く**」というエコーがかかった彼女の声が響き渡る。一瞬置いて、照明が落ち、爆発音が聞こえる）

夢の場面その4

声のナレーション。

夢の場面その4。ミネオラにいるマイラが、マイラの夢を見るミネオラにいるマーナの夢を見る。再び一緒。

照明が入る。ナイトガウン姿のマイラ。後ろにはマイラのベッド。増幅された息と心臓の音。照明が薄暗くなる、嵐の夜。雷、稲妻。マイラは、ミネオラの寝室にいる十六歳の自分の夢を見ている。雷鳴がとどろく。

マイラ　今の、近かったね。寝ちゃった？……嵐がおさまるまでそっちのベッドに行っていい？（またもっと近くで落雷の音、マイラは怖くなり、見えない境界線に、つま先立ちで向かう）境界線、越えるよ？　ナワバリを仕切ってる線？　越えていいのは火事か、緊急の時だけど、でも――（ひどい落雷の音。マイラは震え上がる）近づいてる。（反応がない。雷がゴロゴロ鳴る）何とか言ってよ。（間。マイラは泣きそうになる。増幅された心音。稲妻）怖いってば！*（鼓動が速くなる。マイラは自分をコントロールしようとする）……あんたの心臓の音。寝てないんでしょ。ホントに……ごめん。ねえ？　ごめん……何もかも。（答えはないが、双子の片割れが聞いているのは分かる。マイラは勇気をふりしぼり、囁く）これは本音で……距離を縮めたい。（もっと大きな落雷、光る稲妻。マーナが雷光の中、ベッドから起きる――双子はお互いの名前を呼び合い、一つになる）

マイラ　マーナ！　　マーナ　マイラ！

照明が変わる。ミネオラで、マイラはサラと一緒にダブルベッドにいる。マイラは夢を思い出しながら上体を起こす。雷の音が遠ざかる。サラが起きて電気をつける。

＊マーナのことが怖い、の意味

サラ　マイラ？　ダーリン？　大丈夫？（間）怖い夢でも見た？

マイラ　覚えてない。（マイラは夢を思って強ばる）あのクレージーな人殺しのビッチ、ベンとあんたと私を粉々に吹き飛ばそうとした。

サラ　一緒に吹き飛ばされるところだったね、幸せな三人親子、一緒に。（間。サラは腕を差し出す）そのことは考えない。おいで。ほら。抱いててあげる。眠れるまで。いい？（マイラは頷き、甘えるようにサラの肩の上にもたれかかる。間）

マイラ　サラ？　マーナ、刑務所に行くのかな？

サラ　いい弁護士をつけると思うよ。

マイラ　刑務所ってそんな悪くない。最初は怖かった。でも段々、あ、ミネオラ高校の居残り教室と同じだって気がついた。それに厳重警備の刑務所って鏡がないの。生まれて初めて、マーナの顔を見ないですんだ。（間）サラ？　あれ、運だけじゃない。爆発する直前にオフィスを出たの。声が……聞こえたの。インターコムから聞こえるような声。「ドアに行って、早く。」

サラ　声、聞こえるよね。

マイラ　時々ね。マーナの声だと思う。でも時々私の声かもって不安になる。声、同じだから。

サラ　（マイラを強く抱きしめ）ミネオラの自分の家、自分のベッド、私がいる、ベンも奥の部屋で眠ってる。マーナはここまで来ない、ね？　眠れそう？

マイラ　うん。（サラはマイラにキスをして彼女の隣に横たわる）お休み。（サラは眠り始める）

サラ　ぐっすり寝て。（照明がもっと暗くなる。マイラはベッドの上に座っており、眠れない。間、その後暗い部屋で、声がする）**いい夢を。**（照明が変わる。サラのいる場所の向こう側からティーンエイジャーのマーナが起き上がる。マーナとマイラは寝ているサラを挟んでお互いを見つめ合う。二人が触れ合うと、ベッドは分裂し、双子の島になる。双子は離れても依然お互いに触れ合おうとするが、距離はどんどん広がる。溶暗から暗転、芝居が終わる）

幕

訳註

（1）ソックホップ　五〇年代に流行ったソックス姿で踊るカジュアルなパーティー。

（2）グリニッチ・ビレッジ　二十世紀から作家や芸術家の多く集まるエリアとなり、六〇年代にはゲイバー「ストーンウォール・イン（The Stonewall inn）」が同性愛者への迫害に対して警察に抵抗した「ストーンウォールの反乱」が起きたため、同性愛運動発祥の地として知られる。

（3）キャサリン・ギブズ　キャサリン・ギブズは全米全土にあった秘書の専門学校。名前だけで、そういう目的の学校だと分かる代名詞。日本で言う「代ゼミ」が予備校だとわかるような感じ。

（4）レヴィット・タウン　一九四七年から一九五一年にかけて開発された郊外住宅地。大量生産型の住宅が並んだ。頭金をほとんど使わず安く購入でき、帰国した軍人の多くが住んだためベビーブームが起きた。

（5）クッション　ハソック。オットマンより小さい、円いフットスツール、脚がないタイプもある。

（6）テレビディナー　一九五三年にアメリカで開発された冷凍食品で、一つのプレートに複数の料理が載っており、それだけで食事が完結するもの。

（7）メイデンフォーム　下着ブランド。一九五〇年～六〇年代、下着のみつけた女性をポスターにした広告キャンペーンで話題となった。

（8）バンガード　老舗のジャズクラブのこと。

（9）『ライ麦畑でつかまえて』　一九五一年に刊行されたJ・D・サリンジャーによる小説。社会や大人に反抗的な主人公ホールデンの言葉遣いや態度が問題となり、一九五四年からアメリカで学校や図書館などから追放された。

（10）『路上』　ジャック・ケルアックによる小説。ビート族やヒッピーのバイブル的な本。台詞中「ヒッピーのバイブル」は創作付け足し。

（11）ルーズベルト・ローン&セービングズ　ルーズベルト貯蓄貸付組合。

（12）音楽　原文は「ケーシー・ケイサムを聞くのでないなら」。ケーシー・ケイサムとは、当時人気のラジオ音楽番組「全米トップ40」のDJのこと。

（13）ヒトラーユーゲント　ナチスの党内に結成された青少年団体。所属する青少年は、軍事訓練、祖国愛、差別を含むイデオロギーを教え込まれた。

（14）民主党全国大会で突撃隊を投入した、あの事件　一九六八年、民主党全国大会で、公園にベトナム反戦を訴える一万人を超える学生が集まった。民主党の有力者でシカゴ市長のデイリーが警官隊を派遣、流血騒ぎになった。

（15）箱型のベッド　プラットフォームベッド。下が引き出しになっていることが多い箱状のベッド。

(16)『惡の華』　原文はシャルル・ボードレールの詩集タイトル *Les Fleurs du mal* と、マイラの頭の状態がかけられている。

(17)ラバランプ　透明な液体の入った透明な容器に原色の粘液を封じ込め、電気で照らして浮き沈みさせるインテリア用品。

(18)州兵の銃にヒナギクの花を飾った　一九六七年、ベトナム戦争に反対する若者が行なったデモで、デモ隊に向けられた武装憲兵の銃口に、一人の青年がカーネーションの花を挿した。この瞬間を捕らえた写真は「フラワーパワー」と呼ばれ、花は愛、平和、反体制、非暴力を象徴した。

(19)ウッドストック　ウッドストック・フェスティバル。一九六九年にアメリカ合衆国ニューヨーク州サリバン郡ベセルで開かれた、アメリカのカウンターカルチャーを象徴するロックコンサート。

(20)パワー・トゥー・ザ・ピープル　黒人差別に抵抗するブラックパンサー党や、ベトナム戦争に反対する活動家がしばしば使ってきたフレーズ。一九七一年にジョン・レノンが発表した楽曲のタイトルとしても有名。

(21)アメリカを憂うアメリカ人　「コンサーンド・アメリカンズ・フォー・アメリカ」。

(22)家族計画連盟　プランド・ペアレントフッド。一九一六年にマーガレット・サンガーによって創立され、個人の権利に基づいた人工妊娠中絶手術、避妊薬処方、性病治療といったサービスを提供している。

(23) クワンザ　主にアメリカ合衆国でアフリカ系アメリカ人の間で行われる「ブラック・ナショナリズム」に端を発した祝事。十二月二十六日〜一月一日に行う。
(24) フェリス・ナヴィダ　スペイン語で「メリー・クリスマス」。
(25) クリスタル・ナハト　一九三八年十一月九日〜十日にかけてドイツ各地で起きた反ユダヤ主義の暴動。「水晶の夜」とも。
(26) 携帯電話　一九九〇年頃、携帯電話はほんの一部の人が持っていた。
(27) ジェーン・ロー作戦　事件などで出た身元不明の遺体はジェーン・ドゥ、ジェーン・ローなどと呼ばれる。
(28) 「全米女性機構」と「エミリーズリスト」　全米女性機構は女性解放運動の機構、エミリーズリストはアメリカ合衆国の中絶選択権を尊重する民主党女性候補を支持する政治行動委員会。
(29) 白人の歴史もリスペクトしろ　原文は「白人の歴史月間を作れ」。白人の関心向上などを目的とした「黒人の歴史月間」というものがあり、それをもじったもの。
(30) 中絶救助隊　一九七七年頃より、合衆国及びカナダで、中絶を行う施設や人々に対し、中絶反対派が攻撃を仕掛けるようになる。脅迫、暴行、放火、爆破等が行われた。

訳者あとがき

解説　ウィッグとともに語られる彼女たちの歴史

訳者あとがき

徐 賀世子

『ミネオラ・ツインズ』は衝撃的な戯曲である。登場人物一人一人のきわめて個性的な性格、虚実が入り混じるドラマ構成に加え、それぞれの場面も、実に洗練された設定がなされている。何より際立っているのは、その内容である。『ミネオラ・ツインズ』のテーマが何かと問われたなら——多くの人々の意識にこびりついて離れない古風な「男女の役割について」とも言えるし、「社会における女性の地位の変遷、進歩」とも言えるだろう。さらに掘り下げれば、「世間が女性に強いるスタンダード」についても考えさせられる。すなわち、ジェンダーの今日的なあらゆる問題が詰め込まれた缶詰のような作品なのである。

主人公は良い子のマーナと悪い子のマイラ――一人の女性を斧で真っ二つに割ったような双子である。アダムとイブの息子たちカインとアベルを彷彿とさせるこの双子は一九五〇年代にアメリカのニューヨーク州の郊外ミネオラで生を享ける――胸が洗濯板のように平らなマイラはピュアな平等精神に基づき、高校に在学する目立つ男子全員と関係を持ってしまうほど自由奔放。胸がスイカ玉ほどもあるマーナは、いわゆるこの時代の世間が考えるところの「良妻賢母」という型に自分を押し込めることに生きがいを感じている、ティーチャーズペット的な良い子である――この戯曲の前半を読んで、まず最初に受けた印象は――この芝居を観た多くの女性が、二人は表裏一体であると感じるのではないか。少なくとも六〇年~八〇年代が青春であった女性であれば、その多くが、自分もある時はマーナであったし、ある時はマイラであったと思うのではないか。というのも、その時々のシチュエーションで、マーナからマイラに、マイラからマーナにクルクル変わる、それを処世術としなければ大変生きにくい時代だったと思うからだ。人間誰しも色々な顔を持っているものだが、女性は特に世間一般で良い子とされる規範に入っていないと、白い目で見られることが多かった。親世代からだけでなく、同年代の男性からも女性からも厳しいジャッジを下される。今でもそうだが、時代を遡れば遡るほど、貞操観念は男性にはあまり求められず、女性だけに求められたきらいがある。この同調圧力に抵抗すれば生意気だ、変わり者だと言われ、上の世代からは槍玉にあげられ、同世代からも敬遠される。このような生きにくさを強制されるならば、世間向けの顔と、プライベートの顔を上手に使い分けるしかないではないか。勿論平成生まれの女性なら、この変身の振り子の幅は小さくなっているかもしれない。令和生まれの女性が成人する頃には、振り子の幅はなくなるかもしれない。だが、五〇〜六〇年代生まれの女性はそうはいかなかった。今でも、欧米でもアジアでも、世界のどの地域でも、大勢のマーナとマイラが、ジェンダー的な思想に揺さぶられ、振り回され、自分の立ち位置を確立しようともがいているのではないだろうか。だからこそ

#MeToo運動が活発になり、何十年も前に起きた大物の男性によるセクハラ疑惑が追及されるのだろう。悪いことはできないものである——いつか必ず、自分がやったことは自分に返ってくるのだ。ツケを払わずに逃げることはできない。個人も、団体も、国家も——。

ここでアメリカから視点を移して、日本における女性の歴史を振り返ってみよう。私が直接知っている昔を生きた女性たち——と言うと最も遡っても、自分の祖母までである。つまり明治生まれ以降の女性たちが置かれていた環境については、直接見聞したことがあると言っていいだろう。私は東京生まれの東京育ちであるし、私個人が見聞きしたことであるから、それが全ての日本女性に当てはまるとは言えない。しかし、ある程度の真実は示唆できると思う。きわめて私的なことを述べさせてもらうと——私の母方の祖母は、裁縫の師範をしていた曾祖母のところでお針子と一緒に縫物をしている姿を祖父に見染められ、嫁いだ。嫁いだあとは、当然専業主婦である。嫁ぎ先の家には厳格な舅が同居しており、祖母が買い物に出ると時計を出して外出時間を計られたそうだ。私と同じで甘いものに目がなかった祖母は、買い物から帰る途中、家に着くまでに大急ぎで大福を食べたとか。つまりはこの時代、舅が同居する家でスイーツを頬張ることは憚られたのである！　その後、祖父は四十代で病没、若くして寡婦になった祖母は、和裁の腕を生かして生活の糧とすると同時に、当時の女性にしては珍しく商売っ気があったようで、下宿屋や書店をも経営し、残された子供たちを育てた。長女であった母は忙しい祖母に代わり、一切の家事を引き受け、乳飲み子だった末っ子をも育てた。勿論無給である。一家でただ一人の男であった長男は父親代わりとして長く家に縛られた。長男であるがゆえにあらゆる面で特別待遇を受け、高等教育も受けられたものの、その代償として寡婦の母親とその子供たち、つまり姉妹たちの面倒を見なくてはいけなかったのだ。男の役割、女の役割が明確であった時代と言えばそれまでだが、現代の若者から見れば信じられない家族の姿だろう。家族主義においては、個人より家や家族が優先される——本当につい最近まで、日本では個人より家が大事にされていたのだ。そして、この風習は、まだあらゆるところで根強くしぶとく残っているように思われる。ちなみに、なぜその風習が自分たちに必要なのか、どのような根拠で残さなければならないのか——という根本を問われて、万人が納得のいく説明をできる人はいるだろうか。ただ、続いてきたものだから残さなくてはいけない、少なくとも自分の代では手放せない、という感情だけで残されてしまっているように思うのは、私だけだろうか。

さて祖母の子供たち、つまり私の母や母の兄弟姉妹の代になると——恋愛結婚、親が決めた相手との結婚、色々な結婚の形態が入り混じってくる。この時代になると、結婚したその日に相手の顔を見た、ということはなかったようだ。では独身女性はどうだっただろうか？　そもそも大正時代から昭和初期生まれの女性で、独身を通した人は珍しかったように思える。というのも、年頃になれば、本人の意思を尊重せず、親が結婚相手を決めてしまったからだ。「嫌だったけれど親に逆らえず結婚した」という言葉は、多くの高齢女性から聞いたことがある。どうしても嫁ぎ先と馬が合わず、心底イヤになって家出した、という女性も知っているし、離婚したあとは、親戚から爪弾きにされて親族の集まりにも出してもらえず、げんなりして都会に逃げて来た、という女性も知っている。よほど結婚相手が嫌いだったのか、嫁ぎ先から逃げて来たあと、結婚写真の新郎が写っている部分だけを切り取って自分の花嫁姿だけを持っていたつわものもいた。昭和の初めに撮影された、文金高島田に角隠し、裾に綿を入れた豪華な振袖をまとった花嫁だけが写った写真を見た時、私は家制度の重さを、その重さに潰されかけた女性たちの思いをずしりと感じた。彼女はなぜ結婚写真そのものを捨てなかったのだろうか――この時代に豪華な衣装を着られるのは、結婚式の日だけだったからだろう。彼女の家は商売をしていたので、娘の頃から毎日店先に立って労働にいそしんでいたのだ。女なら、(最近は男だから女だからと言ってはいけないようだが)自分が綺麗に着飾った写真の一枚は持っておきたいではないか。結論――明治、大正、昭和初期生まれの女性たちは、「自分の意思で結婚、離婚ができ、仕事に就いて収入を得る道が多くあり、比較的自由に生きられる」という理想からは大分遠い人生を強いられたようである。

さて、では令和の入り口にあたる現代はどうだろうか。私の友人の年齢は四十代〜七十代になるが、離婚した人も多い。七十代の女性は結婚あるいは出産後、専業主婦で通した人も多く、五十代、四十代の女性は、正規であれ非正規であれ、圧倒的に仕事を持っている。親が商売をやっていた場合は、高齢女性でも、商売に精を出す比率が高いようだ。独身女性も勿論いる。かなりバラエティーに富んできた。世代が下がるにつれ、自由度は高くなっている気がする。振り返れば、日本においては、長らく「良妻賢母」思想が女性たちを支配してきた。少なくとも七〇〜八〇年代においては、「男女ともにヘテロセクシュアル、若いうちに結婚し、子供を持ち、男は仕事に精を出し、女は家を守る」のが世間で生きていく上で、スタンダードであったことは間違いないだろう。結婚しない男女はワケありだと言われ、独身は肩身の狭い思いをしたのである。さらに離婚も今よりずっとハードルが高かった。私たちは何と窮屈な時代を生きてきたことか！

さて、肝心のマイラとマーナだが、二人にはダブルスタンダードはない。マーナは結婚するまでバージンを守ることこそ貞女の使命と思い、婚約者のジムをマイラに寝取られる。良い子の自分がなぜ傷つき、勝手をやった悪い子がなぜ許されるのか——マーナの怒りと怨みはマイラの汚いソックスに凝縮される。その負の感情に蝕まれたのか、マーナは一時精神を病む。現代においても、古い慣習や思想を押しつけられ、メンタルをやられる女性たちは大勢いるが、マーナはその先陣か。トラウマを引きずりながらもとりあえず回復したマーナは、その後過激な保守派となり、ラジオ番組を持ってリスナーに吠えまくる。そしてとうとう、中絶クリニックを爆破しようとして逮捕される。一人息子には嫌われ、孫にも会えないが、マーナは負けない。

方マイラは、自分の欲望に忠実に自由に生きる、ただし男と絡むとろくなことがなく、男はもううんざりとばかり、女性パートナーと落ち着いたあとは、女性が中絶する権利を守るべく活動する。皮肉なことにマイラの息子はマーナにシンパシーを感じているようだ。つまりお互いの息子が母親にはなつかず、母親の姉妹になついているのだ。親が保守派で子供がリベラル、親がリベラルで子供が保守派——思想はどのように芽吹き、つながるのか分からない。

相反するマーナとマイラだが、最後は夢の中で一つになる——保守とリベラル、二つのスタンダードの代表とも言えるマーナとマイラが夢の中とは言え一つになるのは、いつか誰もが思想の違いや争いを乗り越え、和解する時が来るということだろうか。それともその和解は夢に過ぎないということだろうか。

ここでマーナとマイラの人生が進行する間、視点を変えて宇宙に飛び出し地球を俯瞰で見てみよう。すると恐ろしい現実が浮かび上がってくる。そう、個々の人間があらゆる人生のハプニングに一喜一憂している間も、人類は常に戦争、すなわち核兵器の恐怖にさらされているのだ。冷戦時代も然り、某国が大量破壊兵器の捜索をぶち上げた時然り——近代の人間は、ジェンダー差別や地球環境の問題で頭を悩まし、富の偏在に憤り、あちらで怒り、こちらで泣いているが、それらのすべてが核爆弾一発で終わりになってしまうのだ。とすると、我々は誰もが薄氷の上でダンスを踊っているようではな込ませた。

いか――ヴォーゲル氏は、その恐ろしい真実をするりと戯曲に忍び

さて、話を地球に戻そう。今は大分人々の意識が高まり、男女平等、ダイバーシティ等の言葉がよく聞かれるようになった。インターネットの発達によってまっすぐな声をあげれば、世界に届く。大きな悪も小さな悪も隠せなくなった。秘め事という言葉は死語になったのだろうかと思うほど、多くの人が自分のプライベートな生活を公開している。『フラット化する世界』という本があったが、本当にあらゆることがフラット化しつつあるように感じる。男女差別もフラットになるにつれ、男性も育児に関わることが増えた。日本では「イクメン」という言葉が定着したが、育児という当然のことをしているのにイクメンと言われて特別視されるのは違和感があるという男性の話を聞き、日本もついにここまで来たかと感心することしきりであった。男は度胸、女は愛嬌といったバイアスのかかった理想像を万人に求める社会は、儒教思想が根強く残るアジアでも、消えつつあるのは確かだろう。更に進んで、全ての差別――ジェン

ダーだけでなく国籍、外見、性的な立ち位置、収入、社会的地位、そういったものがなくなれば、もっと住みやすい世界になるだろう。大勢の人が政治的思想や信念、イデオロギーの違いも超えてお互いを尊重できる時が来れば世界平和も実現するのかもしれない。マーナとマイラが一つになったように。

話が大きくなってしまったが、人間は、自分が生きてきた間に、外部からの影響によって刷り込まれた思想や考えに支配されやすい。勿論ある時は反発し、ある時は同意し、考えや思想が形作られていくのだろうが、それがどんなものであれ、一度自分の考えは本当に正しいのか、正しいと思う根拠は何なのか、掘り下げてみることは大事だろう。大昔、地位と金のある男性は複数の側室を抱えていた。現代では、多くの国で既婚者が配偶者以外と交際することは原則禁じられている。昔の常識が今は非常識に変わったのだ。今を生きる男は、強く逞しくなくていいのだ、長期間病気もせず、失業もせず、妻子を常に養わなくてもいいのだ。女は、仕事をしながら育児も家事もこなし、夫の浮気や暴力といった理不尽な苦労に耐えなくていいのだ。とはいえ正直なところ、ジェンダーに焦点を絞って言えば、私はもろ手を挙げて完全な男女平等を支持しているわけではない。勿論理不尽な苦労を強いられるのはまっぴらごめんである。ただ、いつも私を悩ますのは――男の役割、女の役割というものを限りなくゼロに近づけていくのがいいことならば、そもそも何で男女という二つの性が存在するのだろう?

この問題に思いを巡らせると、私の心には色々な疑問やら思考やらがポップアップしてきて収拾がつかなくなる――（心の声：このままジェンダー差別がどんどんなくなれば、「男ならどんと行け」「女だてらに」などの言葉も消えていくのだろうか。物書きのはしくれとしては、正直、寂しい。どこまで違いを残せばいいのか、いや残すべきなのか、医療が発達して男性でも子供を産める時代が来ないとも限らない。出産の痛みに男は耐えられないと言うけれど無痛分娩があるから大丈夫か。いや、男性が産むなら帝王切開しかないか。ファッションもどんどんユニセックスになっていくのかな。美人のツーブロックヘアはカッコいい。男性のスカートファッションもカワイイじゃないか。マチズモは虫唾が走るけど、自分が十代の頃イケメンに壁ドンされたら、やっぱり嬉しかったかな？　パートナーが病気で失職したら、しんどいけど支えるだろうな。私は筋金入りの運動嫌いだけど、仮に私の運動神経が非常に良くて、恋人が運動音痴だったとしても、ま、いいか。でも、デート中に暴漢に襲われて、恋人が私を置いて逃げてしまったら？　ソッコー、その場で別れる。逃げたのが恋人ではなく同性の友人なら、友人関係はやめないな。）――要するに私は男女平等を理想に掲げつつ、やはり男性にはオス的なものを求めてしまうのだ。男女関係が一〇〇％フラットになった世界――それがどんなものか、私には分からない。

過去・現在・未来――人間は誰しもある一定の時間をこの世で過ごす。この世との縁が短い人もいれば長い人もいる。どこに生まれ、どのような性別、容姿を持つのか、才能に恵まれるのか、恵まれないのか。暗闇に突き落とされるように、あらゆる時代、あらゆる場所に誕生する人間。そのバラバラに存在する人たちを、時空を超えてつないでいくことが翻訳の役割の一つではないだろうか。『ミネオラ・ツインズ』を訳せたことに心から感謝している。

解説　ウィッグとともに語られる彼女たちの歴史

伊藤　ゆかり（山梨県立大学准教授）

はじめに

　読んだことのある戯曲を実際に舞台で観た時、作品の思いがけない面を発見したり、思っていた以上の魅力に気づかされることがある。ポーラ・ヴォーゲルの『デズデモーナ』（一九九三）をニューヨークの小さな劇場で観た時も、そのような経験をした。タイトルが示すように、デズデモーナ、エミリアとビアンカという三人の女性のみを登場人物にして、シェイクスピアの『オセロー』をいわば裏側から見せる劇である。もっとも印象的だったのは、布の使い方である。舞台の至るところに服やシーツなどの布地が散らばっていて、布に囲まれた女性たちは、シェイクスピア劇とはまったく異なる振舞いをする。それを見ているうちに、観客は、ヴォーゲルがこの劇に「ハンカチについての劇」という副題を与えたことに納得すると同時に、『オセロー』もハンカチに関する劇だと思い至る。優れた劇作家は、上演された時に観客が新たな発見をする可能性を戯曲に与える作家だといえようが、ヴォーゲルもその一人なのである。

劇作家ポーラ・ヴォーゲルについて

ポーラ・ヴォーゲルは、一九五一年にワシントンDCにユダヤ系の父、カトリック教徒の母の間に生まれた。十歳の時に、父が一番上の兄を連れて家を出て、ヴォーゲルは、母の元に残った二番目の兄カールと強いきずなを結ぶこととなる。演劇に魅せられたのは、『ピーター・パン』を観た五歳の時だったという(1)。高校で演劇の授業をとり、さらに舞台監督として梯子を登ったり、装置を動かしたりすることに喜びを感じたことで、演劇への関心はさらに強くなる。大学では、演劇を専攻するとともに初めて戯曲を書く。卒業後名高いイェール大学演劇科へ進もうとしたものの、不合格となり、コーネル大学大学院で劇作を専攻した。

ヴォーゲルの経歴において特筆すべきことは、彼女が優れた劇作の教師でもあることだ。コーネル大学で断続的に教え始めたことを皮切りに、一九八四年から二十四年間ブラウン大学、二〇〇八年以降はイェール大学演劇科で教鞭をとっている。教え子として、リン・ノティッジ、サラ・ルール、ニロ・クルーズなど、ピューリッツァー賞受賞劇作家を含めた著名な作家が輩出してきた。ルールは、ヴォーゲルの教え方はテレパシーのようだ、と述べ、「戯曲の編集の仕方は教えないけれど、突き刺さるようなまなざしで見つめて、思ってもいなかった鋭い問いをしてくる」と言う。[2]他方、ノティッジは、ヴォーゲルに、「自分がどんな大人になるかを決める人生の岐路に立った時に、ポーラ・ヴォーゲルがいて、後押しをしてくれました。わたしが出会った中で、戯曲を書いていて、『あなたにはできる』と初めて言ってくれた人だった」と語っている。[3]劇作家を志す者に対するヴォーゲルの愛情と大きな影響力が見てとれる。

劇作家としてのヴォーゲルが注目を集めたのは『ボルチモア・ワルツ』（一九九二）である。一九八八年にAIDSで亡くなった最愛の兄カールに捧げられた劇で、カールに誘われたが行けなかったヨーロッパ旅行をモチーフにしている。カールとアナという兄妹のヨーロッパ旅行を描くのだが、ヴォーゲルは彼女一流のひねりをくわえ、ATD、すなわち後天性トイレ症候群にかかったアナの治療方法を求めている、という設定にした。しかし、奇妙な旅が終わる時に病院で死を迎えるのは兄のカールなのである。さらに、ヴォーゲルは一九九七年に初演された『運転免許 わたしの場合』でピューリッツァー賞をとり、劇作家としての地位を確立した。主人公リル・ビットが十一歳の時に始まる叔父ペックとの性的関係が描かれ、性的虐待とみなされる関係の複雑さが浮かび上がる。最近の作品の中で注目すべきは『みだら』（二〇一五）である。イディッシュ語作家ショレム・アッシュによる劇『復讐の神』がヨーロッパで好評を得た後、一九二三年にブロードウェイで幕を開けるが、女性同士のキスの場面の為に上演が中止されたという出来事を基にしており、歌がふんだんに使われる音楽劇である。この作品のブロードウェイ公演によって、ヴォーゲルは六十五歳にして初めて自作がブロードウェイで上演されることとなった。

議論をまねくような題材を、ユーモアを交えつつ、驚くような手法で提示する劇作家というのが、アメリカ演劇におけるヴォーゲルの位置づけであろう。主なテーマの一つは「性」である。ヴォーゲルは、十七歳の時にレズビアンであることをカミングアウトした。高校で舞台監督を務めたのも、当時演出は男性の領域とされていると感じ、かといって、異性愛の女性のようには演技ができないのに、女性を演じて男性にあれこれ言われたら我慢できない、という思いからの必然的な選択だった。(4) 演劇に携わり始めた時から、性を意識せざるを得なかったのである。ヴォーゲル劇における性は、同性愛、性的欲望などさまざまな角度から描かれるが、もう一つの重要なテーマである歴史と結びつくことも多い。たとえば、『運転免許わたしの場合』は、姪と叔父との関係を描きつつ、リル・ビットとその母、祖母という三世代にわたる性に関する歴史をたどる劇でもある。ヴォーゲルは、歴史を描くことの重要性について、劇はどのように出来事が起きたかを扱うもので、ある出来事に関する記憶をあらたにしなければいけない、と述べている(5)。

手法に関しては、ほとんどの作品で非写実的手法が用いられ、演劇ならではの虚構性が強調される。『クリスマスの長い家路』(二〇〇三)のように、主要登場人物が子どもの時は人形、大人になった時は人間によって演じられるという大胆な設定になることもある。また、先述した『ボルチモア・ワルツ』は、AIDSによる兄の痛切な死を架空の病気という虚構から描いたといえる。非写実性はしばしば配役に表れ、『運転免許 わたしの場合』は、十一歳から四十代までのリル・ビットを一人の女優が演じるよう指定されている。しかも、彼女の胸を叔父が触れる場面では、実際に叔父の手が胸に触れることはない。身体的接触なしに性的虐待を見せるという手法によって、写実的手法以上の視覚的効果が上げられるのである。さらに、ヴォーゲルは聴覚的効果においても優れた作家である。『熱くてどきどき』(一九九四)では、マイクを通した声の使用が印象的であるし、『南北戦争下のクリスマス』(二〇〇八)では、戦争当時の歌が効果的に使われている。

このような主なテーマと手法からわかるように、本作品『ミネオラ・ツインズ』には、これらの特徴が見事に表れている。次節で説明していきたい。

アメリカを体現する双子の劇『ミネオラ・ツインズ』

ヴォーゲルの代表作の一つである『ミネオラ・ツインズ』は、一九九六年に初演された。もっとも強烈な印象を与えるのは、その非写実的手法である。副題の「六場、四つの夢、（最低）六つのウィッグからなるコメディ」が作品の内容を説明すると同時に、観客および読者を驚かせる手法を示唆する。まず目を引くのは、双子のマイラとマーナ、二人の息子のケニーとベン、そしてそれぞれの恋人であるジムとサラを同じ俳優が演じると指定されていることだ。マイラとマーナは一卵性双生児であるが、胸の大きさが正反対で、性的な面も含めて保守的なマーナは胸が大きく、反保守的で性的欲望を抑えないマイラは平たい胸である。このような二役を一人の俳優が演じることでどんな舞台効果が上がるか、考えただけでわれわれはわくわくする。実際二人が入れ替わりをくり返す第二幕第三場では、「ちょうどその時マイラが下手から飛び込んで来る、役者が間に合えばだが」（本書106頁）という記述がある。「（最低）六つのウィッグ」は、三つの時代それぞれに合ったウィッグを姉妹がかぶる必要があることを示すが、ヴォーゲルは、「いい子」と「悪い子」のウィッグのどちらかを選べるが、「悪い子」の方を好む、と記している。おそらく「いい子」のウィッグは、時代設定にぴったり合って、ウィッグだとはわからないようなものをイメージすれば良いのだろう。それに対して、いかにも作り物めいた「悪い子」のウィッグのもつ視覚的効果をヴォーゲルは勧めているようだ。演劇の「芝居っぽさ」、虚構性を最大限に利用しようというヴォーゲルの姿勢が表れている。

また、六場と四つの夢という構成も、劇が作り物であることを観客に意識させる。二つの場面が一つの時代を表現し、四か所で夢の場面がでてくるという、整った構成である。この整然とした構成にもかかわらず、サラを除く登場人物たちは、そこからはみ出そうとするかのように、「常に、ホルモンの影響で興奮しているような状態で演じる」（本書10頁）。構成と演じ方のこのような不調和にも演劇の虚構性を見出すことができよう。

三人の俳優による六人の主要登場人物によって、アイゼンハワー大統領の一九五〇年代、ニクソン大統領下の一九六九年、そしてブッシュ（父）大統領の一年目である一九八九年が描かれる。徐賀世子さんの丁寧で楽しい訳註が示すように、各時代の詳細が戯曲に書き込まれている。ヴォーゲルが提案しているように、その時代の女性シンガーの歌を用いれば、さらにくっきりと時代が浮かび上がるであろう。そして、登場人物、とくにマイラとマーナの姉妹が非写実的に描かれるからこそ、時代の変化がより明確となる。クリストファー・ビグズビィは、『ミネオラ・ツインズ』を漫画によるアメリカの歴史と評したが、まさに双子は漫画の登場人物のように描かれる。(6) マイラは、第二場で性的に早熟な不良少女として登場し、六九年には過激派として事件を起こす、いわばあばずれ女ぶりを発揮するのに、八九年には中絶クリニックを経営し、レズビアンではあるが、息子の教育に悩む普通の母親になっている。一方、マーナは、古き良きアメリカの理想の女性を目指していたのが挫折し、六九年には妹への復讐をたくらむようになり、ついにはクリニックの爆破もいとわない保守派の女性リーダーとなることにくわえ、各時代において、マイラと変わらない邪悪さを見せつける。このように双子を保守と反保守の体現とすることで、『ミネオラ・ツインズ』は、価値観の対立という視点からみたアメリカ史となっているのである。

劇の中心は三つの時代を描く場面であるが、挿入される夢の場面は、作品の別の面を明らかにする。特に重要なのが核兵器による攻撃の夢である。核兵器は、冷戦時代の象徴であり、夢は『ミネオラ・ツインズ』が冷戦とその影響を描く劇であることを強調すると考えられる。だが、この夢について、双子の心理という観点で考えることもできよう。すなわち、夢は、双子の不安や恐怖、双子を精神的に圧迫しているものの象徴でもある。その不安とは、核兵器によって死ぬことに対する漠然とした不安も含むかもしれないが、何よりも、それぞれの時代において、自分がどう生きるべきかわからないことから生まれる不安であろう。本当はどんな人間になりたいのか、じっくりと考えることができないまま、理想的女性はこうふるまうべきだ、または、社会への反逆者はこうあるべきだ、という時代の圧力にどちらの双子も屈するしかない。その結果、今の生き方で良いのか、時代が変わると自分はどうなるのかという不安や恐怖がつきまとう。その不安や恐怖を共有できるのは、同じ時間を生きてきた双子の片割れだけである。だから、核による攻撃が始まった時マイラはマーナのもとに行こうとするし、空襲警報が鳴れば、「お互い支え合おうね、いい？」と言い合い（本書102頁）、最後の夢ではマイラはマーナと仲直りをしようとするのである。

このようにマーナとマイラの心理を考えさせることこそ、ヴォーゲルならではの人物造形なのである。二人を保守性と反保守性の体現として造形し、戯画化しているにもかかわらず、彼らの不安や苦悩をも描き出す。マーナが第一幕第三場において、「また十代の頃に戻れたら。全部が明確だった」と言い（本書54頁）、第二幕第一場ではマイラが「起きたらミネオラのベッドの中、なんてことないかな、あの頃に戻れるなら何でもする」と共通する心情を口にする時（本書77頁）、われわれは、時代の流れに押し流されるしかない二人に共感する。双子の極端な言動に笑いながらも、彼らの中に共有できる感情を見出すことができるからこそ、劇が終わった時にはマーナとマイラ双方が愛すべき登場人物となるのである。

二十一世紀における『ミネオラ・ツインズ』

ここで初演から二十年以上経つ戯曲を上演することの意味を考えたい。一つは歴史劇として上演することの意義である。ヴォーゲルは、『みだら』で描いたホロコーストに関連して、二十一世紀の観客の為に、過去の出来事を単なる歴史とするのではなく、もう一度その出来事を目撃しなければならないと語り、そうしなければ、同じことが起きてしまう、と述べている[7]。これは『ミネオラ・ツインズ』にも当てはまる。現実には、一九五〇年代から八〇年代にみられた対立よりも、より深刻な対立がアメリカには起きていることは言うまでもないであろう。だからこそ、双子の対立が辛辣かつ滑稽に描かれている『ミネオラ・ツインズ』を観る意味があるのだ。それを観ることで、現在の、さらには将来起こり得るさらに暴力的な対立をどうすべきか、観客は考えることができるのである。この対立はアメリカだけの問題ではない。日本を含めて、多くの国において、経済格差にコロナウイルスの影響が加わり、人々の間に越えがたい壁が存在する今、『ミネオラ・ツインズ』における双子の対立は笑いを誘うが、笑ってすますことはできない。

歴史を描く劇としての重要性と同時に忘れてはならないのは、ジェンダーとセクシュアリティという観点における重要性である。#MeToo 運動の高まりによって、われわれはあらためて社会における女性の地位について考えることになった。また性の多様性をめぐる社会状況の変化も起こりつつある。このような中で、『ミネオラ・ツインズ』における性の描き方を観ることの意義もあるはずだ。

今だからこその上演の意義を述べてきたが、結びとしてあらためて強調したいのは、ヴォーゲルはおそらく『ミネオラ・ツインズ』がどのように上演されても許容するということである。ヴォーゲルは、この劇と『運転免許 わたしの場合』を同時期に執筆し、作品執筆にあたっては大量の調べものをしたという(8)。充分な知識を得たうえで、計算しつくされた構成で細部まで注意がゆきとどいた戯曲を完成させるという劇作家としての姿勢がうかがえる。にもかかわらず、ヴォーゲルは、劇は、テキストと演じる者と観客の間にできる隙間で作られるもので、自分はゴーストライターにすぎない、と述べている。(9) 演出家や俳優といった劇を作る者が独自の工夫をし、観客はそれぞれの発見をする自由をヴォーゲルは自分の作品に与えているのだ。

あなたはこの戯曲を読む前に舞台を観ただろうか。いずれにせよ、劇を観る機会が今後あれば、劇作家と劇の作り手が生み出す『ミネオラ・ツインズ』の魅力をあらためて発見するであろう。

註

（1） Joanna Mansbridge, *Paula Vogel* (Ann Arbor: U of Michigan P, 2014) 2.

（2） Douglas Langworthy, “Paula’s Army – Vogel’s Considerable Legacy as a Playwriting Teacher”, *Denver Center for the Performing Arts News Center*, Aug. 26, 2019.
https://www.denvercenter.org/news-center/paulas-army-vogels-considerable-legacy-as-a-playwriting-teacher/

（3） Tari Stratton, “In Conversation: Lynn Nottage & Paula Vogel”, *The Dramatist: Season in Review 2016-2017* (2017): 19.

（4） Alisa Solomon, “‘This Play Changed My Life’: Paula Vogel’s *Indecent* and the Power of Theater”, *The Village Voice* May 24, 2017.
https://www.villagevoice.com/2017/05/24/this-play-changed-my-life/

（5） Paula Vogel interviewed by Victoria Myers in Myers’ “An Interview with Paula Vogel”, *The Interval* April 18, 2017.
http://theintervalny.com/interviews/2017/04/an-interview-with-paula-vogel/

（6） Christopher Bigsby, *Contemporary American Playwrights* (Cambridge:

Cambridge UP, 1999) 317.

(7) Vogel interviewed by Myers.

(8) Paula Vogel interviewed by Alexis Greene, “Paula Vogel”, *Women Who Write Plays: Interviews with American Dramatists*, ed. by Alexis Greene (Hanover, NH: Smith and Kraus, 2001) 441.

(9) Caridad Svich and Peter Franklin, “Coast to Coast with Paula Vogel”, *The Dramatist* 1.6 (1999): 17.

付録

本作を彩る実在の人物

『ミネオラ・ツインズ』を取り巻く時代

オフ・ブロードウェイ上演までの経緯

本作を彩る実在の人物

※登場順

ドワイト・D・アイゼンハワー（Dwight David Eisenhower）

1890年10月14日～1969年3月28日。第34代アメリカ合衆国大統領。冷戦の最盛期といえる1953年に大統領就任、平和共存と穏健な保守路線を目指した。ニクソン副大統領らが支えた。

リチャード・M・ニクソン（Richard Milhous Nixon）

1913年1月9日～1994年4月22日。第37代アメリカ合衆国大統領。対立候補をことごとく共産主義者呼ばわりしたことから、策略家、狡猾なディック（台詞中は「タヌキオヤジのニクソン」）と言われた。

ジョージ・H・W・ブッシュ（George Herbert Walker Bush）
1924年6月12日～2018年11月30日。第41代アメリカ合衆国大統領。89年、ベルリンの壁が開放され、ソ連のゴルバチョフと対談し冷戦の終結を宣言した。

テレサ・ブリュワー（Teresa Brewer）
1931年5月7日～2007年10月17日。50年代アメリカで最も人気を誇ったジャズ、ポップス歌手。代表曲は「Till I Waltz Again with You」（1953年）。

ドリス・デイ（Doris Day）
1922年4月3日～2019年5月13日。40～50年代を中心に活躍したアメリカの女優・歌手。代表曲は「Que Sera, Sera」（1956年）。

ヴィッキー・カー（Vikki Carr）
1941年7月19日～。60年代にアメリカで活躍した歌手。代表曲は「It Must Be Him」（1967年）。

ナンシー・シナトラ（Nancy Sandra Sinatra）

1940年6月8日 ～。フランク・シナトラの娘で、60年代中期にアメリカで活動したアイドル歌手。代表曲は「にくい貴方」(These Boots are Made For Walkin')（1966年)。

アーサー・ミラー（Arthur Asher Miller）

1915年10月17日～2005年2月10日。アメリカの劇作家。代表作は『セールスマンの死』（1949年）など。1956年、女優マリリン・モンローと結婚、1961年に離婚している。

ジョー・ディマジオ（Joseph Paul DiMaggio）

1914年11月25日～1999年3月8日。メジャーリーグの元プロ野球選手。1954年、マリリン・モンローと結婚するが1年経たずに離婚。

ヨシフ・スターリン（Vissarionovich Stalin）
本姓ジュガシヴィリ。1878年12月18日～1953年3月5日。ソビエト連邦の政治家。共産党員から一般市民まで巻き込んだ大粛清など、独裁政治を行なった。

ヒュー・ヘフナー（Hugh Hefner）
1926年4月9日～2017年9月27日。雑誌『PLAYBOY』の発刊者。『PLAYBOY』は女性のヌード・グラビアと読み応えのある記事を売りにした雑誌。

ジェームズ・ディーン（James Dean）
1931年2月8日～1955年9月30日。アメリカの俳優。代表作『理由なき反抗』（1955年）で当時の若者の姿を表現し、ティーン・エイジャーやカウンターカルチャーに影響を与えた。

ジミ・ヘンドリックス（James Marshall Hendrix）

1942年11月27日～1970年9月18日。ロック史上最高と言われるアメリカのギタリスト。ウッドストック・フェスティバルでは大トリを務める。

エドマンド・シクストゥス・"エド"・マスキー

（Edmund Sixtus "Ed" Muskie）

1914年3月28日～1996年3月26日。アメリカの民主党の政治家。環境保護やベトナム戦争への反戦を唱えた。

マルコムX（Malcolm X）

1925年5月19日～1965年2月21日。アフリカ系アメリカ人のイスラム教徒の牧師、人権活動家であり、公民権運動期に人気を博した。ネーション・オブ・イスラムの代弁者《スポークスマン》として活躍したことで知られる。

エルネスト・ゲバラ（Ernesto Guevara）
通称チェ・ゲバラ。1928年6月14日～1967年10月9日。アルゼンチン生まれの革命家。フィデル・カストロとともにキューバ革命を遂げた。

ポール・ハーヴェイ（Paul Harvey Aurandt）
1918年9月4日～2009年2月28日。アメリカのABCラジオニュース局のパーソナリティ。高視聴率を獲得する人気を誇っていたが、共産主義をアメリカから追放しようとする政治家マッカーシーを支持していた。

クリスタル・ルイス（Crystal Lynn Lewis ）
1969年9月11日～。アメリカのゴスペル歌手。

トワイラ・パリス（Twila Paris）
1958年12月28日～。アメリカのゴスペル歌手。1980～90年代にキリスト教の布教を目的とした歌詞を歌うコンテンポラリー・クリスチャン・ポップスを多くリリースした。

エイミー・グラント（Amy Grant）
1960年11月25日〜。アメリカのクリスチャン・ミュージックの歌手。代表曲はピーター・セテラとのデュエット曲「The Next Time I Fall」（1986年）。

バーバラ・ブッシュ（Barbara Pierce Bush）
1925年6月8日〜2018年4月17日。第41代アメリカ合衆国大統領ジョージ・H・W・ブッシュの妻。

チャールズ・マンソン（Charles Milles Manson）
1934年11月12日〜2017年11月19日。60年代末〜70年代初頭にかけて、ヒッピーの集団を率いていた指導者であり、連続殺人鬼。

ヘンリー・マンシーニ（Henry Mancini）
1924年4月16日〜1994年6月14日。アメリカの作曲家。映画音楽家として知られる。代表曲に「Moon River」（1961年）がある。

アルフォンス・ダマト（Alfonse Marcello D'Amato）

1937年8月1日～。1981年～1999年までアメリカの上院議員を務めた共和党の政治家。1998年には全米最大のゲイコミュニティが彼を支持し、賛否両論が起きた。

ノーマン・ロックウェル（Norman Rockwell）

1894年2月3日～1978年11月8日。アメリカの画家。40～50年代にはアメリカの市民の生活を描いた作品が人気を博した。

スピロ・アグニュー（Spiro Theodore Agnew）

1918年11月9日～1996年9月17日。ニクソン政権で第39代副大統領を歴任。再選直後に収賄容疑で辞任。

メアリー・トッド・リンカーン（Mary Todd Lincoln）

1818年12月13日～1882年7月16日。第16代アメリカ合衆国大統領、エイブラハム・リンカーンの妻。ファーストレディとなって以降、精神的に不安定な日々を送っていたと言われる。

ジュリア・デント・グラント（Julia Dent Grant）

1826年1月26日～1902年12月14日。第18代アメリカ合衆国大統領、ユリシーズ・グラントの妻。ファースト・レディの地位向上を目指した。

アイダ・サクストン・マッキンリー（Ida McKinley）

1847年6月8日～1907年5月26日。第25代アメリカ合衆国大統領、ウィリアム・マッキンリーの妻。てんかんの発作があったが、ウィリアムが献身的に支えた。

フローレンス・クリング・ハーディング（Florence Mabel Harding）

1860年8月15日～1924年11月21日。第29代アメリカ合衆国大統領、ウォレン・ハーディングの妻。社会的な運動に積極的に参加し、国民に開けた政治を目指した。

メアリー・ジェニーヴァ・ダウド・アイゼンハワー

(Mary Geneva "Mamie" Eisenhower)

愛称は「マミー」。1896 年 11 月 14 日～ 1979 年 11 月 1 日。第 34 代アメリカ合衆国大統領、ドワイト・D・アイゼンハワーの妻。「マミー・ルック」と呼ばれるファッションアイコンにもなった。

テルマ・ライアン・ニクソン

(Thelma Catherine Patricia Ryan Nixon)

1912 年 3 月 16 日～ 1993 年 6 月 22 日。第 37 代アメリカ合衆国大統領、リチャード・ニクソンの妻。ボランティア活動に力を入れた。

パトリシア・アイルランド (Patricia Ireland)

1945 年 10 月 19 日～。「全米女性機構」のトップ。フェミニスト。中絶反対派から診療所を守る人材を育成している。

『ミネオラ・ツインズ』を取り巻く時代

第1幕第1場～第2場前後の出来事	
年号	出来事
1949年	◎レヴィット・タウンの入居者受付開始
1950年	◎朝鮮戦争
1951年	◎J・D・サリンジャーが『ライ麦畑でつかまえて』を出版
1953年	◎共和党アイゼンハワー大統領就任。副大統領はリチャード・ニクソン ◎ヨシフ・スターリン死去。ソ連で権力闘争が勃発
1954年	◎マリリン・モンローとジョー・ディマジオ結婚（翌年離婚） ◎最高裁が人種隔離は憲法修正第14条に違反するとの判決を下す（ブラウン事件判決）

1955年	◎NATOに対抗したワルシャワ条約機構がソ連と東欧で結成される ◎「ディズニーランド」がカリフォルニア州にオープン ◎ジェームス・ディーンが自動車事故で死去（享年24歳） ◎アラバマ州モンゴメリーで、マーティン・ルーサー・キング牧師がバス・ボイコットを主導
1956年	◎エルビス・プレスリーが「ラブ・ミー・テンダー」「ハウンド・ドッグ」「ハートブレイク・ホテル」でヒットチャートのトップに立つ ◎アレン・ギンズバーグがビートジェネレーションの代表作『吠える』を出版 ◎マリリン・モンローとアーサー・ミラー結婚（1961年離婚）
1957年	◎ジャック・ケルアックが『路上』を出版 ◎ソ連が初の人工衛星「スプートニク1号・2号」を打ち上げ。宇宙開発の新時代へ
1958年	◎エルビス・プレスリー徴兵制度で米国陸軍に入隊。西ドイツに駐屯
1959年	◎マテル社からバービー人形発売

第１幕第３場〜第２幕第１場前後の出来事	
年号	出来事
1963年	◎人種差別撤廃を求めるデモ（ワシントン大行進）
1964年	◎公民権法成立
1965年	◎ベトナム戦争が激化。アメリカによる北ベトナムへの爆撃が始まる ◎マルコムX暗殺 ◎ミシガン大学でベトナム戦争に抗議するための「ティーチイン」が行われ、反戦運動の始まりとなる ◎パンティストッキングの普及で、ロンドン発信のミニスカートが世界的に大流行
1966年	◎北ベトナムへの爆撃がエスカレート ◎フェミニストのベティ・フリーダンが率いる「全米女性機構（NOW）」が結成される ◎中国で「文化大革命」が始まる
1967年	◎米国で反戦感情が高まる。キング牧師が徴兵忌避を呼びかけ、全国的に大規模なデモの嵐が吹き荒れる
1968年	◎テト攻勢と呼ばれる北ベトナムによる南ベトナムの都市への圧倒的な攻撃が、戦争の転機となる

1968年	◎チェコスロバキアの変革運動（プラハの春） ◎キング牧師暗殺 ◎学生主導のゼネスト（フランス・パリ五月革命） ◎民主党シカゴ大会に集まった反戦デモ隊と警官隊が衝突。首謀者とされた「シカゴ7」を巡る裁判が注目される ◎コロンビア大学の学生たちが、抗議のために大学を占拠して座り込みを行う
1969年	◎リチャード・ニクソンがアメリカ大統領に就任 ◎アメリカとソ連の間で戦略兵器制限交渉（SALT）が始まる ◎ニューヨーク、グリニッチ・ビレッジのゲイクラブとバーが警察の手入れを受けたことに抗議する「ストーンウォールの反乱」が起こり、同性愛者の権利を求める運動が始まる ◎エドワード・ケネディ上院議員の自動車事故・死体遺棄・不倫発覚（チャパキディック事件） ◎アポロ11号月面着陸に成功 ◎ウッドストック音楽フェスティバルが3日にわたり開催され、約40万人が集まる

第２幕第２場～第３場前後の出来事	
年号	出来事
1983 年	◎アメリカで初めて携帯電話が登場 ◎麻薬クラックが出回り始める（クラックブーム）
1984 年	◎アップルコンピュータがパーソナルコンピュータ「マッキントッシュ」を発売 ◎レーガン大統領再選
1986 年	◎スペースシャトル「チャレンジャー」が離陸後に空中分解。米国の宇宙開発計画が頓挫 ◎史上最悪のチェルノブイリ原発事故が発生 ◎包括的反アパルトヘイト法がレーガンの拒否権を覆して可決
1987 年	◎ゴルバチョフソ連書記長とレーガン米大統領がワシントンで INF 条約に調印し、核保有量を削減
1989 年	◎共和党ジョージ・H・W・ブッシュが大統領に就任 ◎中国・天安門事件勃発 ◎東欧に民主化運動が広がる（東欧革命） ◎ベルリンの壁が崩壊 ◎ゴルバチョフとブッシュ、マルタ会談で冷戦終結を宣言

オフ・ブロードウェイ上演までの経緯

1995年　ニューヨーク・シアター・ワークショップでリーディングとしてスタート

1996年　アラスカ州ジュノー、パーシヴィランス劇場で初演

1997年　ロードアイランド州プロビデンス、トリニティ・レパートリーカンパニーが上演

1997年　フロリダ州ゲインズヴィル、ヒポロドーム州立劇場にて上演

1999年　ニューヨーク、オフ・ブロードウェイにてラウンドアバウト・シアター・カンパニーが上演

その後、全米各地、世界中で上演を重ねている。

【著者】

ポーラ・ヴォーゲル

(Paula Vogel)

1951年、米国ワシントンＤＣ生まれ。
1992年、『ボルチモア・ワルツ』(*The Baltimore Waltz*)でオビー賞受賞。
1997年『運転免許 わたしの場合』(*How I Learned to Drive*)で、
1998年度ピューリッツァー賞演劇部門賞の他、
オビー賞、ドラマデスク賞、ニューヨークドラマ批評家協会賞など受賞。
2017年には、オビー賞の「生涯功労賞」を受賞している。

【訳者】

徐 賀世子

(じょ・かよこ)

東京都出身。
『セックス・アンド・ザ・シティ』『ザ・シンプソンズ』
『ハンガーゲーム』『少林サッカー』など、
多数の海外ドラマや洋画の吹き替え翻訳に携わる。
2006年、初めての戯曲翻訳『ヴァージニア・ウルフなんかこわくない？』
(シス・カンパニー公演)で、
第14回湯浅芳子賞を受賞。
以降『デスノート THE MUSICAL』『管理人』『セールスマンの死』『十二人の怒れる男』
など、舞台翻訳も多く手掛ける。

ミネオラ・ツインズ

六場《ろくば》、四《よっ》つの夢《ゆめ》、(最低《さいてい》) 六《むっ》つのウィッグからなるコメディ

2021 年 12 月 24 日　第 1 刷発行
2022 年　1 月 25 日　第 2 刷発行

【著者】
ポーラ・ヴォーゲル
【訳者】
徐 賀世子

発行者 : 高梨 治
発行所 : 株式会社**小鳥遊書房《たかなし》**
〒 102-0071　東京都千代田区富士見 1-7-6-5F
電話 03 (6265) 4910（代表）／FAX　03(6265)4902
http://www.tkns-shobou.co.jp

装幀　嗚田小夜子（KOGUMA OFFICE）
印刷　モリモト印刷（株）
製本　（株）村上製本所
ISBN978-4-909812-74-2　C0074